Rubem Fonseca
Das vierte Siegel

Rubem Fonseca

Das vierte Siegel

Erzählungen

Aus dem
brasilianischen Portugiesisch
von Karin von Schweder-Schreiner

Piper
München Zürich

Die Erzählungen dieses Buches
wurden folgenden Bänden entnommen:

Os Prisoneiros, Verlag Ediçes GRD, Rio de Janeiro 1963
Henri, Der Feind

A Coleira do Câo, Verlag Olivé, Rio de Janeiro 1963
Die Kraft des Menschen

Lúcia McCartney, Verlag Francisco Alves, Rio de Janeiro 1970
Bericht über einen Vorfall, bei dem irgendwelche Ähnlichkeiten mit wahren Begebenheiten kein reiner Zufall sind, Das vierte Siegel

Feliz ano novo, Verlag artenova, Rio de Janeiro 1975
Einsame Herzen, Mit aller Gewalt

O Cobrador, Verlag Nova Fronteira, Rio de Janeiro 1979
Pierrot aus der Höhle, Das Todesspiel, Begegnung am Amazonas

ISBN 3-492-03093-9

Gesetzt aus der Bembo Antiqua
Gesamtherstellung: Kösel, Kempten
Printed in Germany

Inhalt

Die Kraft des Menschen

Ich wollte weitergehen, aber ich konnte nicht. Also blieb ich mitten zwischen den vielen Negern stehen – die einen wippten mit den Füßen oder wiegten den Kopf, andere bewegten die Arme, aber manche genierten sich auch und standen so stocksteif wie ich, taten, als wären sie gar nicht da, als schauten sie sich eine Platte im Schaufenster an. Komisch, daß einer wie ich sich schämt, vor einem Plattenladen zu stehen und Musik zu hören. Die stellen die Musik doch so laut, damit die Leute zuhören; und wenn es ihnen nicht paßte, daß die Leute stehenbleiben und zuhören, bräuchten sie die Musik nur auszumachen und alle würden sofort abhauen. Außerdem spielen sie nur gute Musik, Stücke, die man sich einfach anhören *muß* und bei denen eine richtige Frau plötzlich anders geht, wie ein Pferd vor einer Militärkapelle.

Aber die Sache ist, daß ich von da an jeden Tag hinging. Manchmal schaute ich zwischen zwei Übungen in Joãos Fitness-Center aus dem Fenster, und wenn ich dann die Leute vor dem Laden stehen sah, hielt es mich nicht mehr – ich zog mir schnell was über, während João fragte, »wo willst du hin, Junge, du bist mit den Kniebeugen noch nicht fertig«, und lief rüber. João machte das ganz wahnsinnig, denn er hatte sich in den Kopf gesetzt, mich für einen Bodybuilding-Wettbewerb vorzubereiten, und dafür mußte ich, wie er meinte, vier Stunden täglich trainieren; statt dessen hörte ich mitten drin auf und ging runter,

Musik hören. »Du spinnst«, sagte er, »so geht's wirklich nicht, lange mach' ich das nicht mehr mit, ich bin doch kein Hampelmann.«

Recht hat er, dachte ich an diesem Tag, er teilt mit mir das Essen, das er von zu Hause bekommt, gibt mir Vitaminpillen, die seine Frau, eine Krankenschwester, organisiert, hat mir mein Gehalt als Hilfstrainer aufgestockt, nur damit ich nicht mehr zum Blutspenden gehen muß und mich aufs Training konzentrieren kann, mein Gott, das ist 'ne Menge! Und ich erkannte das nicht an, belog ihn auch noch; ich hätte ihm sagen können, er solle mir kein Geld mehr geben, hätte ihm die Wahrheit sagen können: daß Leninha mir alles gab, was ich wollte, daß ich sogar im Restaurant essen gehen konnte, wenn ich wollte, ich brauchte nur zu ihr zu sagen, ich will noch mehr.

Schon von weitem merkte ich, daß mehr Leute als sonst vor dem Laden standen. Andere Leute als sonst, auch ein paar Frauen. Ein Samba mit einem Höllenrhythmus spielte, tung schtiktung tung; die beiden großen Lautsprecher an der Tür waren irre, die Musik hallte über den ganzen Platz. Und dann sah ich den Typ, der mitten auf dem Asphalt tanzte und sich nicht die Bohne um die Autos kümmerte, die dicht an ihm vorbeifuhren. Ich dachte: Noch so ein Spinner, denn es gibt immer mehr Spinner in der Stadt, Spinner und Schwule. Aber keiner lachte. Der Kerl trug total schiefgetretene braune Schuhe, eine schlotternde, am Hintern fadenscheinige Hose, ein schmutziges, weißes Hemd mit langen Ärmeln und schwitzte wie verrückt. Aber keiner lachte. Er drehte Pirouetten, tanzte Ballett- und Sambaschritte durcheinander, aber keiner lachte. Keiner lachte, denn der Kerl tanzte toll, er tanzte wie auf einer Bühne oder wie im Kino, mit einem irren Rhythmus, so was hatte ich noch nicht erlebt. Ich nicht und auch sonst keiner, denn die andern sahen genauso starr vor Staunen zu. Ich dachte: Das ist doch nicht normal, aber Verrückte können nicht so tanzen, wer so tanzen kann, muß gute Beine haben und gelenkig sein, aber klar im Kopf muß er auch sein. Er tanzte zu drei Stücken von der LP, die gerade lief, und als er aufhörte, fingen alle Leute an, miteinander zu reden, was sonst nie vor dem Laden passiert, normalerweise hören sich die Leute die Musik schweigend an. Dann griff der Kerl nach seiner Kalebasse, die neben einem Baum auf der Erde lag, und die Leute warfen alle Geldscheine rein, die Schale war bald ganz voll. Aha, das ist die Erklärung, dachte ich, in Rio verändert sich einiges. Früher sah man hier und da mal einen Blinden, der irgendwas spielte, manchmal Akkordeon, manchmal Gitarre, einer schlug sogar Tamburin zur Musik aus einem Kofferradio – aber daß einer tanzte, hatte ich noch nie gesehen. Ich hatte auch schon ein Trio aus dem Nordosten gesehen, das mehr schlecht als recht Cocos und Baiões spielte und einen Jungen, der auf mit Wasser gefüllten Flaschen »Tico Tico« klimperte. So was schon. Aber daß einer tanzte! Ich warf zweihundert Cruzeiros in die Schale. Sorglos und fest davon überzeugt, daß keiner an die Moneten gehen würde, stellte er die Kalebasse voller Geld auf die Erde neben den Baum und tanzte weiter.

Er war groß; mitten im Tanzen, ohne abzubrechen, krempelte er die Hemdsärmel auf, richtig hübsch sah das aus, wie eine einstudierte Einlage, aber ich glaube, ihm war einfach heiß, und zum Vorschein kamen zwei sehr muskulöse Arme, die das weite Hemd vorher verdeckt hatte. Der Typ da ist perfekt definiert, dachte ich. Und das war keine Vermutung, denn ich kann bei jedem, der noch in Kleidern zum erstenmal im Fitness-Center steht, auf einen Blick sagen, was für einen Brustmuskel er hat und was für einen Bauch, ob seine Muskulatur ausbaufähig ist oder nur perfektioniert werden muß. Ich irre mich nie.

Danach kam ein blödes Stück, von irgendeinem Sänger mit Fiepsstimme, und der Neger hörte auf zu tanzen, kam auf den Bürgersteig zurück, zog ein dreckiges Taschentuch aus der Tasche und wischte sich den Schweiß aus dem Gesicht. Die meisten Leute verkrümelten sich, zurück blieben nur die, die immer zum Zuhören stehen bleiben, auch ohne Show. Ich ging zu dem Neger und sagte, er habe toll getanzt. Er lachte. Ein Wort gab das andre, und dann erzählte er, so was hätte er noch nie gemacht. »Das heißt, doch, einmal schon. Neulich bin ich hier vorbeigekommen, da hat's mich gepackt und ganz plötzlich hab' ich dann auf dem Asphalt getanzt. Nur zu einem Stück, aber dann hat irgendeiner 'nen Geldschein zusammengeknüllt und mir vor die Füße geworfen. Es war ein alter Tausender. Heute hab' ich die Kalebasse mitgebracht. Du kennst das ja wohl, ich bin so blank wie, wie . . .«. ». . . ein polierter Schuh«, sagte ich. Er sah mich an, auf seine besondere Art, bei der man nicht weiß, was er sich dabei denkt. Dachte er womöglich, daß ich mich über ihn lustig machte? Es gibt ja auch weiße Schuhe, oder?, dachte ich. Egal. Ich fragte: »Machst du Sport?« »Was für Sport, Mann?« »Du hast so 'ne Figur, als ob du Sport machst.« Er lachte, daß seine kräftigen, weißen Zähne blitzten, und sein Gesicht, das eigentlich hübsch war, wurde so grimmig wie das Gesicht eines großen Gorillas. Ein merkwürdiger Typ. »Und du?« fragte er. »Was?« »Machst du Sport?« Dabei musterte er mich von oben bis unten, ohne sich irgendwas anmerken zu lassen, aber mich interessierte auch nicht, was er dachte. Es kommt nicht darauf an, was andere über einen denken, nur darauf, was man selbst über sich denkt; wenn ich zum Beispiel denke, daß ich ein Stück Dreck bin, dann bin ich das auch, aber wenn jemand anders so über mich denkt, was ist schon dabei? Ich bin auf niemand angewiesen, soll jeder denken, was er will, aber wenn's hart auf hart kommt, dann wollen wir mal sehen. »Ich mach's mit Gewichten«, sagte ich. »Gewichten?« »Bodybuilding.« »Ha, ha«, lachte er wieder, genau wie ein Gorilla. Ich mußte an Humberto denken, von dem es hieß, er sei so stark wie zwei Gorillas und beinah auch so intelligent. Wie stark mochte der hier sein? »Wie heißt du?« fragte ich, nachdem ich ihm meinen Namen gesagt hatte. »Vaterloo, mit Dabblju geschrieben.« »Sag mal, Waterloo, hast du Lust, mit ins Fitness-Center zu kommen, wo ich trainiere?« Er guckte eine Weile nach unten, dann nahm er seine Kalebasse und sagte, »na gut«. Er stellte keine Fragen, wir gingen los, und unterwegs stopfte er sich das Geld, alles zusammengeknüllt und ohne sich die Scheine anzusehen, in die Tasche.

Als wir ins Fitness-Center kamen, war João mit Corcundinha an der Stange. »João, das hier ist Waterloo«, sagte ich. João sah mich schief an, sagte, »ich will mit dir reden«, und ging in den Umkleideraum. Ich hinterher. »So geht's nicht, so geht's nicht«, sagte João. Ich sah seinem Gesicht an, daß er sauer auf mich war. »Du begreifst anscheinend nicht«, fuhr João fort, »alles, was ich mache, ist zu deinem Besten, wenn du tust, was ich dir sage, schnappst du dir den Titel mit links und bist ein gemachter Mann. Was meinst du wohl, wie ich es bis dahin gebracht habe, wo ich heute stehe? Weil ich den Bodybuilding-Wettbewerb gewonnen habe. Aber weil ich mich angestrengt hab' und nicht, weil ich mitten im Training aufgehört hab', jeden Vormittag und jeden Nachmittag hab' ich trainiert, mich geschunden, aber heute hab' ich ein Fitness-Center, ein Auto, zweihundert Schüler, hab' mir einen Namen gemacht und kauf' mir gerade eine Wohnung. Und jetzt will ich dir helfen, aber du machst nicht mit. Das ist zum Verzweifeln. Was hab' ich davon? Daß ein Schüler aus meinem Fitness-Center den Wettbewerb gewinnt? Ich hab' doch Humberto, stimmt's? Ich hab' Gomalina, stimmt's? Fausto, Donzela, aber wen such' ich mir aus? Dich, und das ist dein Dank dafür.« »Du hast recht«, sagte ich, während ich mich auszog und die Turnhose anzog. Er fuhr fort: »Wenn du nur soviel Willenskraft wie Corcundinha hättest! Dreiundfünfzig Jahre alt! Als er vor sechs Monaten herkam, das weißt du, da hatte er eine schreckliche Krankheit, die ihm die Rückenmuskeln kaputt machte, so daß die Wirbelsäule keinen Halt mehr hatte und sein Körper von Tag zu Tag schiefer wurde, richtig angst konnte einem das machen. Er sagte, er würde immer kleiner und krummer, die Ärzte hätten keine Ahnung, weder Spritzen noch Massagen würden ihm helfen; so mancher hat hier den Mund nicht wieder zugekriegt, wenn er seinen Brustkorb sah, so spitz wie ein Admiralshut, oder seinen Buckel, der ganze Mann war nach vorn und seitlich verdreht, dazu hat er Grimassen gezogen, schon von dem Anblick konnte einem schlecht werden. Ich hab' zum Corcundinha gesagt, ich krieg' dich hin, aber du mußt alles machen, was ich dir sage, alles, einen Steve Reeves kann ich nicht aus dir machen, aber in sechs Monaten bist du ein anderer Mensch. Sieh ihn dir jetzt an. Habe ich ein Wunder vollbracht? Er hat das Wunder vollbracht, sich gequält, geschunden, gelitten, geschwitzt. Für die menschliche Kraft gibt es keine Grenzen!«

Ich ließ João die ganze Geschichte runterleiern, in der Hoffnung, sein Ärger über mich würde sich legen. Um ihn in Laune zu bringen, sagte ich: »Dein Brustmuskel ist irre!« João breitete die Arme aus und ließ seine Brustmuskeln vorspringen, zwei riesige Pakete, jedes für sich so an die zehn Kilo schwer; aber er sah nicht mehr so aus wie auf den Photos, die an der Wand hingen. Noch immer mit ausgebreiteten Armen ging João zu dem großen Wandspiegel und betrachtete seinen Körper von der Seite.

»Bankdrücken, das ist die Übung, die du machen mußt, in drei Phasen: im Sitzen, im Liegen auf dem Brett, mit dem Kopf nach unten, und im Liegen auf der Bank, auf der Bank mache ich es auf drei verschiedene Arten, paß auf.« Er legte sich auf die Bank, das Gesicht unter der Stange, die auf dem Ständer lag. »So, geschlossener Griff, die Hände fast nebeneinander, dann auf halber Breite und zum Schluß die Hände weit auseinander an den Stangenenden. Hast du's gesehen? Ich hab's schon auf deiner neuen Karte eingetragen. Was glaubst du, wie dein Brustmuskel nach einem Monat aussieht?«, und mit diesen Worten stieß er mir kräftig gegen die Brust.

»Wer ist der Kerl?« fragte er dann mit einem Blick auf Waterloo, der auf einer Bank hockte und in aller Ruhe trommelte. »Das ist Waterloo«, antwortete ich, »ich hab' ihn mitgebracht, damit er ein paar Übungen macht, aber er kann nicht bezahlen.« »Und du glaubst, ich geb' jedem Rumtreiber, der hier aufkreuzt, Gratisunterricht?« »Der hat Substanz, João, den zu entwickeln, das ist bestimmt ein Kinderspiel.« João verzog verächtlich das Gesicht: »Was, was! Den Kerl! Schick den doch weg, los, schick ihn weg, du spinnst ja.« »Aber du hast ihn noch nicht gesehen, João, angezogen bringt das nichts.« »Hast du ihn gesehen?« »Ja«, log ich, »ich besorg' ihm eine Turnhose.«

Ich gab Waterloo eine Turnhose und sagte: »Zieh die da drin an.«

Ich hatte ihn noch nicht unbekleidet gesehen, war mir aber sicher: bei seiner Haltung, da mußte er einfach eine straffe Muskulatur haben. Dann kamen mir Bedenken; was, wenn er nur aus Knochen bestand? Knochen sind wichtig, das ist die Grundlage für alles, aber ein Skelett von Null aufbauen, ist verteufelt hart, das kostet Zeit, Essen, Eiweiß, und João war bestimmt nicht bereit, mit Knochen zu arbeiten.

Waterloo kam in der Turnhose aus dem Umkleideraum. Er bewegte sich ganz normal: er kannte noch nicht die Tricks der alten Hasen, er wußte nicht, daß man selbst in einer scheinbar entspannten Haltung die gesamte Muskulatur anspannen kann, aber das kriegt man nicht so einfach hin, zum Beispiel den Flügel und die Trizepse gleichzeitig definieren und genauso gleichzeitig die Schneidermuskeln und die geraden Bauchmuskeln oder die Bizepse und den Trapezmuskel, und das alles ganz harmonisch, ohne daß es so aussieht, als ob der Betreffende einen epileptischen Anfall hat. Er wußte nicht, wie man das macht, konnte es auch nicht, das ist was für Meister, aber trotzdem, das muß ich sagen, dieser Neger hatte die vollkommenste natürliche Muskelentwicklung, die ich je gesehen habe. Selbst Corcundinha unterbrach seine Übung und kam zusehen. Unter der glatten, tiefschwarz glänzenden Haut, nicht so mattschwarz wie bei manchen Negern, liefen seine Muskeln von Kopf bis Fuß in einem perfekten Netzwerk auseinander und zusammen.

»Häng dich hier an die Stange«, sagte João. »Hier?« fragte Waterloo, bereits unter der Stange. »Ja. Wenn du mit der Stirn auf Stangenhöhe bist, dann bleib in der Stellung.« Waterloo machte einen Klimmzug, doch mittendrin lachte er und sprang runter. »Das hier ist ernst, Albereien will ich hier nicht haben«, sagte João, »fang noch mal an.« Waterloo zog sich hoch und blieb in der Stellung, wie João ihm gesagt hatte. João sah zu. »Jetzt schieb das Kinn ganz langsam über die Stange. Schön langsam. Jetzt laß dich runter, ganz langsam. Jetzt noch mal zurück in die erste Stellung und dann bleib so.« João sah sich prüfend Waterloos Körper an. »Jetzt heb die geschlossenen Beine gestreckt an, ohne den Rumpf zu bewegen.« Und der Neger hob die Beine langsam und mühelos an, und die Muskulatur seines Körpers spielte wie ein Orchester, alle Muskeln arbeiteten zusammen, ein Anblick von kraftvoller Schönheit. João war offensichtlich beeindruckt, denn auch er spannte seine Muskeln an, und dann merkte ich, daß sogar Corcundinha und ich unsere Muskeln spannten, als sängen wir im Chor eine Melodie mit, der man nicht widerstehen kann; und João sagte in liebevollem Ton, wie sonst zu keinem Schüler, »kannst runterkommen«, und der Neger kam runter und João fragte, »hast du schon mal Sport gemacht«, und Waterloo verneinte, und João setzte nach, »nein, hast du nicht, das weiß ich; ich will dir mal was sagen, so was gibt's einmal unter hundert Millionen, ach was, unter hundert Millionen, quatsch, unter einer Milliarde! Wie alt bist du?« »Zwanzig«, antwortete Waterloo. »Ich kann dich berühmt machen, willst du das?« fragte João. »Wozu?« fragte Waterloo und wollte wirklich wissen, wozu. »Wozu? Wozu? Du bist lustig, was für eine blöde Frage!« sagte João. Ja, wozu, überlegte ich, wozu eigentlich, damit die Leute einen auf der Straße erkennen und sagen, da geht der berühmte Sowieso? »Ja, wozu, João?« fragte ich. João sah mich an, als hätte ich seine Mutter beleidigt. »Was? Du auch? Also so was! Was habt ihr eigentlich im Kopf, he!« Manchmal konnte João die Geduld verlieren. Ich glaube, er wollte auf Teufel komm raus, daß ein Schüler von ihm den Wettbewerb gewann. »Sie haben mir noch nicht erklärt, wozu«, sagte Waterloo sehr höflich. »Dann tue ich's jetzt. Erstens, damit du nicht zerlumpt wie ein Bettler rumlaufen mußt und dich duschen kannst, wann du willst, und zu essen hast: Truthahn, Erdbeeren, hast du schon mal Erdbeeren gegessen, und damit du in einer anständigen Wohnung wohnen kannst und eine Frau kriegst, keine stinkende Schwarze, eine Blondine, viele Frauen, die alle hinter dir her sind und sich um dich raufen, kapierst du? Ihr wißt gar nicht, was das heißt, ihr seid wirklich blöde Ärsche, das seid ihr.« Eher erstaunt als sonst etwas sah Waterloo João an, aber ich wurde wütend; am liebsten hätte ich mich auf der Stelle mit ihm geprügelt, aber nicht, weil er das über mich gesagt hatte, dafür kann er mich mal, sondern weil das eine Sauerei gegenüber dem Neger war. In Gedanken malte ich mir sogar schon den Kampf aus: Er ist stärker, aber ich bin wendiger, ich mußte also im Stehen kämpfen, mit Handkantenschlag. Ich sah auf seinen kräftigen Hals, da mußte ich ihn treffen, mit einem sicheren Schlag gegen den Adamsapfel, aber wenn ich hier drinnen einen richtig guten Treffer landen wollte, mußte ich mich leicht seitlich stellen, und wenn er dann mit einem Beinhaken kam, hatte ich nicht genug Halt; und drinnen war das Abblocken leicht, João hatte gute Reflexe; mir fiel ein, wie er Mauro für den Entscheidungskampf gegen Juarez trainiert hatte, der dann Mauro auseinandergenommen hatte; Reflexe hatte er, er war zwar dick, aber wie ein Tiger; von der Seite zuschlagen nützte nichts, da hätte ich wie gegen Stahl geschlagen; ich konnte zu Boden gehen, versuchen, ihn in den Schwitzkasten zu nehmen und damit einen sauberen Abgang hinkriegen. Ob das klappen würde? »Komm, wir ziehen uns an und gehen«, sagte ich zu Waterloo. »Was ist denn?« fragte João ängstlich, »bist du sauer auf mich?« Ich schnaufte und sagte, »ach, ich weiß nicht, ich hab' von der ganzen Sache die Nase voll, fast hätt' ich dir eben eine reingeknallt, nur daß du's weißt.« João wurde so nervös, daß er abschlaffte, sein Bauch blähte sich richtig wie ein Kopfkissenbezug, aber nicht aus Angst vor einem Kampf, davor hatte er keine Angst, sondern aus Angst, er könnte den Wettbewerb nicht gewinnen. »Deinem Freund wolltest du so etwas antun«, säuselte er, »wie ein Bruder bist du für mich, und du wolltest dich mit mir prügeln?« Dann setzte er eine tief zerknirschte Miene auf, dieser Heuchler, und ließ sich niedergeschlagen auf eine Bank fallen, wie ein Häufchen Elend, als hätte er gerade erfahren, daß seine Frau fremdgeht. »Hör auf damit, João, das bringt nichts. Wenn du ein Mann bist, entschuldigst du dich.« Er schluckte trocken, dann sagte er, »na gut, entschuldige, verdammt! Entschuldige, du auch (zum Neger), entschuldige. In Ordnung?« Mehr war bei ihm nicht drin, hätte ich ihn provoziert, wär' er geplatzt, hätte den Wettbewerb vergessen und wär' aus der Haut gefahren, aber das hatte ich nicht vor, nicht nur, weil meine Wut sich schon wieder gelegt hatte, nachdem ich in Gedanken mit ihm gekämpft hatte, sondern auch, weil João sich entschuldigt hatte, und wenn ein Mann um Entschuldigung bittet, dann verzeiht man ihm. Ich gab ihm feierlich die Hand, er gab Waterloo die Hand. Auch ich gab dem Neger die Hand. Wir wurden ernst, wie drei Herren Doktoren.

»Ich stell' 'ne Serie für dich zusammen, ja?« sagte João, und Waterloo antwortete, »ja, Senhor«. Ich nahm meine Karte und sagte zu João: »Ich mach' jetzt Nackendrücken mit 60 Kilo und Rudern im Stehen mit 40, was meinst du?« João grinste zufrieden, »prima, prima.«

Ich zog meine Serie durch und sah dann zu, was João Waterloo beibrachte. Am Anfang ist es überhaupt kein Vergnügen, aber dem Neger machte es Spaß, die Bewegungen auszuführen, und das gibt's selten; normalerweise dauert es, bis einem die Übungen gefallen. Für Waterloo war das alles selbstverständlich, er machte alles ganz genau so, wie João es haben wollte. Wie man richtig atmet, wußte er nicht, das stimmt, da innen drin mußte die Brust sich noch erweitern, aber, mein Gott, der Mann fing gerade erst an!

Während Waterloo duschte, sagte João zu mir: »Am liebsten würde ich ihn auch für den Wettbewerb fit machen, was meinst du dazu?« Ich sagte, das sei eine gute

Idee. Und João: »Wenn ihr beide in Form seid, dann muß mein Center ja wohl gewinnen. Der Neger muß nur noch ein bißchen draufkriegen, Definition hat er schon.« Ich widersprach: »Ganz so ist es nun auch nicht, João; Waterloo ist gut, aber er muß noch viel trainieren, am Arm hat er bestimmt nicht mehr als 40.« »Der hat zweiundvierzig oder dreiundvierzig«, sagte João. »Ich weiß nicht, miß lieber nach.« João sagte, er würde alles nachmessen, Arm, Unterarm, Brustkorb, Oberschenkel, Wade, Hals. »Und wieviel hast du am Arm?« fragte er mich listig; er wußte es, aber ich antwortete: »Sechsundvierzig«. »Hmm ... nicht viel, was? Für den Wettbewerb ist das nicht viel ... noch sechs Monate ... und du, du ...« »Was ist mit mir?« »... du läßt in letzter Zeit nach ...« Das Gespräch paßte mir nicht, und um es zu beenden, versprach ich: »Keine Sorge, João, wart's nur ab, in diesen sechs Monaten komm' ich an die Spitze.« João umarmte mich, »du bist ein intelligenter Kerl ... Himmel! Bei deinem Aussehen und dann noch Meister! Wär' doch toll! Dein Bild in der Zeitung ... du landest noch beim Film, drehst lauter Farbfilme in Amerika oder Italien, wär' doch toll!« João schob mehrere Zehn-Kilo-Scheiben auf den Pulley. »Wieviel hat dein Pulley?« fragte er. »Achtzig.« »Und die Kleine, dein Mädchen, was wird mit der?« Ich fragte trocken: »Wieso, was soll mit ihr werden?« Er: »Ich bin dein Freund, vergiß das nicht.« Ich: »Richtig, du bist mein Freund, und?« »Alles, was ich sage, ist zu deinem Besten.« »Alles, was du sagst, ist zu meinem Besten, und?« »Ich bin wie ein Bruder zu dir.« »Du bist wie ein Bruder zu mir, und?« João griff um die Stange des Pulley, kniete sich hin und zog die Stange bis zur Brust runter, während die 80 Kilo Gewichtscheiben langsam hinaufstiegen, und das achtmal. Dann: »Wieviel wiegst du?« »Neunzig.« »Dann leg neunzig auf den Pulley. Aber, hör zu, um auf die Sache da zurückzukommen, ich weiß, von so viel Gewicht wird man ziemlich geil, kriegt Hunger, will viel schlafen – aber das heißt nicht, daß man's wie verrückt treiben soll, man zerplatzt fast, wird spitz wie 'ne Nadel, aber man muß sich beherrschen, sich zusammennehmen, denk an den Nelson, den hat das Essen fertiggemacht, zum Ausgleich hat der 'ne Wahnsinnsserie gemacht, hat an Masse zugelegt das ja, aber wie ein Schwein gefressen hat er und jetzt hat er einen Körper wie ein Schwein ... armer Kerl ...« Und João verzog mitleidig das Gesicht. Ich esse nicht gern, und João weiß das. Ich merkte, daß Corcundinha, der auf dem Rücken lag und die Fliege machte, uns zuhörte. »Ich glaub', du bumst zuviel«, sagte João, »das ist nicht gut. Jeden Morgen, wenn du herkommst, hast du Knutschflecken und Kratzer an Hals, Brust, Rücken und Beinen. Das macht sich nicht gut, wir haben schließlich 'ne Menge Jungs hier, das ist für die kein gutes Beispiel. Laß dir einen Rat geben«, – und João sah mich mit einem Gesicht wie klare-Rechnungen-erhalten-die-Freundschaft an, als ginge es um Geldzählen; hatte er sich schon auf den Neger verlegt? – »dieses Mädchen ist nicht das richtige, such dir eine, die nur einmal in der Woche will oder auch zweimal, und dann auch nicht so wild.« In diesem Augenblick kam Waterloo aus dem Umkleideraum, und João sagte zu ihm: »Komm mit, ich will dir was zum Anziehen kaufen, aber nur als Darlehen, du kannst hier arbeiten und zahlst es mir später zurück.« Und zu mir: »Du brauchst Hilfestellung. Warte ein bißchen, ich bin gleich zurück.«

Ich setzte mich hin und dachte nach. Bald kommen die ersten Schüler. Leninha, Leninha. Bevor es in mir klick machen konnte, sagte Corcundinha: »Kannst du mal sehen, ob ich richtig an der Stange ziehe?« Ich ging zu ihm. Corcundinhas Anblick ist mir unangenehm. Er hat mindestens sechs verschiedene Ticks. »Mit deinen Ticks wird es besser«, sagte ich; so ein Quatsch, das stimmte gar nicht, warum hatte ich das gesagt? »Ja, nicht?« antwortete er erfreut und zwinkerte mehrmals wie verrückt mit dem linken Auge. »Welche Übung machst du jetzt?« »Rückwärts, vorwärts und mit beiden Händen am Stangenende, jeweils zehnmal und alles dreimal nacheinander. Neunzig Übungen insgesamt, und ich merke nichts.« »Schön langsam und mit Ausdauer«, sagte ich. »Ich hab' gehört, worüber João und du gesprochen habt«, sagte Corcundinha. Ich nickte. »Furchtbar ist das mit den Frauen«, fuhr er fort, »ich hab' mich mit Elza verkracht.« Wer zum Teufel war Elza? Auf alle Fälle sagte ich »ah, ja.« Corcundinha: »Das war keine Frau für mich. Aber jetzt, wo ich mit der anderen Kleinen zusammen bin, ruft Elza dauernd bei mir an, beschimpft sie und schlägt Krach. Neulich, nach dem Kino, war's fürchterlich. So was belastet mich, ich bin ein verantwortungsbewußter Mensch.« Corcundinha schnellte hoch, griff mit beiden Händen an die Stange, schwang seinen Körper vor und zurück und sagte lächelnd: »Die Kleine, die ich jetzt habe, die ist toll, ein junges Ding, dreißig Jahre jünger als ich, dreißig Jahre, aber ich bin noch in Form – die braucht keinen anderen.« Mit raschen Klimmzügen zog Corcundinha seinen Körper mehrmals hoch, vorwärts, rückwärts, in schneller Folge, wie bei einem Tanz; entsetzlich; aber ich sah nicht weg. »Dreißig Jahre jünger?« fragte ich staunend. Corcundinha rief von der Stange oben: »Dreißig Jahre! Dreißig Jahre!« Und bei diesen Worten machte Corcundinha einen Beckenaufschwung rückwärts, dann einen Beckenaufschwung vorwärts und nachdem er sich wie ein Pendel hin- und hergeschaukelt hatte, versuchte er, sich wie ein Propeller zu drehen, am ganzen Körper rot vor Anstrengung, nur sein Kopf wurde noch blasser. Ich faßte ihn an den Beinen; er plumpste herunter, kam aber im Stehen auf. »Ich bin in Form«, keuchte er. Ich sagte: »Du mußt vorsichtig sein, Corcundinha, du ... du bist nicht mehr der Jüngste.« Er: »Ich paß' schon auf, keine Sorge, ich halte mich nicht für einen jungen Spund, mir geht's besser als mit zwanzig, wo ich schon verrückt wurde, wenn eine Frau mich nur antickte, ich mach's jeden Abend, mein Lieber, jeden Abend!« Seine Gesichtsmuskeln, Lider, Nasenflügel, Lippen, Stirn, alles fing an sich zusammenzuziehen, zu zittern, beben, vibrieren, zucken, verkrampfen; alle sechs Ticks auf einmal. »Ab und zu kommen die Ticks doch wieder, was?« fragte ich. Corcundinha antwortete, »ja, aber nur, wenn ich nicht bei der Sache bin.« Ich ging zum Fenster und dachte, daß wir nie bei der Sache sind. Unten auf der Straße drängten sich die Leute vor dem Laden, und ich bekam Lust, auf der Stelle rüberzulaufen, aber ich konnte das Center nicht sich selbst überlassen.

Dann kamen die Schüler. Als erster einer, der stark werden wollte, weil er Pickel auf der Nase und eine hohe Stimme hatte, dann einer, der stark werden wollte, damit er andere verprügeln konnte, aber das würde er nie schaffen, denn als er einmal zu einem Wettkampf aufgefordert worden war, hatte er gekniffen; und es kamen die, die am liebsten die ganze Zeit in den Spiegel glotzen und gern kurze enge Ärmel tragen, damit der Arm dicker wirkt; und es kamen die Halbwüchsigen in Jeans, die sich nur am Strand zeigen wollen; und dann die, die nur im Sommer kommen, kurz vorm Karneval, und Gewalttraining machen, damit sie schnell Formen kriegen und sich mit Sarong, griechischer Tunika oder sonstwas kostümieren können, um ihre Muskeln zur Schau zu stellen; und es kamen die Alten, die am Bauch abspecken wollen, was sehr schwierig und von einem gewissen Punkt an unmöglich ist; und es kamen die Profi-Kämpfer: Principe Valente mit seinem Bart, Testa de Ferro, Capitão Estrela, und die

Catcher-Clique: Mauro, Orlando, Samuel – die pfeifen aufs Entwickeln, sie wollen nur Kraft, um im Ring besser zu verdienen; die drängeln sich nicht vor dem Spiegel, betteln nicht um Anleitung; die mag ich, es macht mir Spaß, am Tag vor einem Kampf, wenn das Fitness-Center leer ist, mit ihnen zu trainieren, zu sehen, wie sie einen Aufsitzer abwerfen, sich aus einem Würgegriff befreien, oder sie, wenn es mir gelingt, fest in den Schwitzkasten zu nehmen; oder mit ihnen über den Kampf zu reden, den sie gewonnen oder verloren haben.

João kam zurück und mit ihm Waterloo, neu eingekleidet. João beauftragte den Neger, die Scheiben wegzuräumen und die Stangen und Hanteln an ihren Platz zu legen, »bis du so viel gelernt hast, daß du unterrichten kannst.«

Es war schon Abend, als Leninha anrief und fragte, um wieviel Uhr ich nach Hause käme, zu ihr nach Hause, und ich sagte, ich könnte nicht vorbeikommen, weil ich zu mir nach Hause ginge. Da wurde Leninha still. In den letzten dreißig oder vierzig Tagen war ich jeden Abend zu ihr gegangen, inzwischen hatte ich bereits Hauslatschen, Zahnbürste, Schlafanzug und einiges an Wäsche bei ihr; sie fragte, ob ich krank sei, und ich sagte nein; daraufhin schwieg sie wieder und ich sagte auch nichts, man hätte fast meinen können, wir spielten, mal sehen, wer als erster zwinkert; sie tat es: »Du willst mich heute also nicht sehen?« »Nein, darum geht's nicht«, sagte ich, »bis morgen, ruf mich morgen wieder an, ja?«

Ich ging nach Hause, in mein Zimmer, das ich bei Dona Maria gemietet hatte, einer alten Portugiesin, die den grauen Star hatte und mich wie ihren eigenen Sohn behandeln wollte. Ich ging auf Zehenspitzen die Treppe rauf, hielt mich etwas am Geländer fest und schloß lautlos die Tür auf. Nachdem ich die Schuhe ausgezogen hatte, legte ich mich sofort ins Bett. Die Alte hörte in ihrem Zimmer eine Serie: »Nein, nein, Rodolfo, ich flehe dich an!«, hörte ich in meinem Zimmer, »verzeihst du mir auch wirklich? Wie soll ich dir verzeihen, wenn ich dich mehr liebe als mich selbst ... Woran denkst du? Ach, frag mich nicht ... Sag es, antworte mir ... manchmal weiß ich nicht, ob du eine Frau bist oder eine Sphinx ...« Ich wachte davon auf, daß an die Tür geklopft wurde und Dona Maria sagte, »ich habe Ihnen doch schon gesagt, daß er nicht da ist«, und dann Leninha, »entschuldigen Sie bitte, aber er hat gesagt, er geht nach Hause, und ich muß ihn dringend sprechen.« Ich sagte nichts, ich wollte keinen Menschen sehen. Ich wollte keinen Menschen sehen – nie mehr. Nie mehr. »Aber er ist nicht da.« Schweigen. Vermutlich standen sie sich gegenüber. Dona Maria, die, behindert durch den grauen Star, sich anstrengte, Leninha in dem schwachen, gelblichen Licht im Wohnzimmer zu erkennen, und Leninha ... (Es ist schön, im ganz dunklen Zimmer zu liegen). »... leicht später vorbeikommen?« »Er kommt in letzter Zeit nicht nach Hause, seit über einem Monat schläft er nicht hier, bezahlt aber treu und brav, ein guter Junge.«

Leninha ging, und dann saß die Alte wieder in ihrem Zimmer: »Ich habe gewagt, gegen deinen Willen zu handeln, vergib mir diese Kühnheit ... aber es gibt eine Liebe, die, wenn sie einmal verletzt ist, nur im Vergessen des Todes Ruhe findet ... Ana Lucia! Ja, doch, eine unbezwingbare Liebe, die weit über jedem anderen Gefühl steht, eine Liebe, die für sich allein himmlische Wonnen im Herzen entfacht ...« Die arme Alte, daß sie sich für so einen Schwachsinn begeisterte. Die arme? Mein Kopf lag schwer auf dem Kopfkissen, auf meiner Brust lastete ein Stein ... ein Junge? Wie war das, ein kleiner Junge zu sein? Selbst das wußte ich nicht mehr, nur noch, daß ich angestrengt nach oben pinkelte, und ich schaffte es ganz schön hoch. Und an die ersten Filme, die ich gesehen habe, konnte ich mich noch erinnern; und an Carolina. Aber da war ich schon groß, zwölf, dreizehn? Schon ein Mann. Ein Mann. Mann...

Als ich am Morgen ins Badezimmer ging, sah mich Dona Maria. »Hast du hier geschlafen?« fragte sie. »Ja.« »Ein junges Mädchen hat nach dir gefragt, sie war sehr aufgeregt, es sei dringend, hat sie gesagt.« »Ich weiß schon wer, ich spreche sie heute.« Ich ging ins Badezimmer. Als ich rauskam, fragte Dona Maria, »willst du dich nicht rasieren?« Ich ging zurück und rasierte mich. »So, ja, jetzt siehst du ordentlich aus«, sagte Dona Maria. Sie ließ mich nicht in Ruhe. Ich trank Kaffee, aß ein weiches Ei, Brot mit Butter, eine Banane. Dona Maria umsorgte mich. Dann ging ich ins Fitness-Center.

Als ich kam, war Waterloo schon da. »Na? Gefällt's dir?« fragte ich. »Bis jetzt schon.« »Hast du hier geschlafen?« »Ja. Seu João hat gesagt, ich soll hier schlafen.« Und dann redeten wir nicht mehr, bis João kam.

João fing gleich mit Anweisungen für Waterloo an: »Vormittags Arme und Beine; nachmittags Brust, Rükken und Bauch«; und dann beaufsichtigte er den Neger beim Training. Um mich kümmerte er sich nicht. Ich beobachtete sie. »Zwischendurch immer wieder Saft trinken«, sagte João mit einem Glas in der Hand, »so, paß auf«, und er nahm einen Mund voll Saft, spülte und schluckte ihn langsam runter, »hast du gesehen?«, dann gab er Waterloo das Glas, damit er es ihm nachmachte.

Den ganzen Vormittag über scharwenzelte João um den Neger herum. Ich unterwies die Schüler, die ins Center kamen. Räumte die Gewichte weg, die sie überall in der Halle herumliegen ließen. Waterloo machte nur seine Übungen. Als das Mittagessen kam – sechs Eßgefäße –, sagte João zu mir: »Nimm's mir nicht übel, aber ich teil das Essen mit Waterloo, der braucht's nötiger als du, er kann nirgends essen gehen, er ist blank, und das Essen reicht nur für zwei.« Dann setzten sie sich, stellten den Henkelmann auf den mit Zeitung abgedeckten Massagetisch und fingen an zu essen. Das Eßgeschirr wurde immer mit zwei Tellern und Besteck gebracht.

Ich zog mich an, um essen zu gehen, aber ich hatte keinen Hunger und aß nur zwei Croquetten in einer Stehkneipe. Als ich zurückkam, lagen João und Waterloo in den Liegestühlen. João erzählte gerade die Geschichte, wie er sich geschunden hatte, um Meister zu werden.

Ein Schüler fragte mich, wie man Lattziehen macht, und ich zeigte es ihm, ein anderer unterhielt sich mit mir über den Fußballklub Vasco, und die Zeit verging und dann war das Nachmittagsprogramm dran – vier Stunden –, und Waterloo stellte sich zum *leg-press* und fragte, wie der funktionierte, und João legte sich hin und zeigte es ihm und sagte, er solle Kniebeugen machen, das sei besser. »Aber jetzt machen wir Bankdrücken«, sagte er, »nachmittags Brust, Rücken und Bauch, denk dran.«

Gegen sechs Uhr war der Neger mit seinem Programm durch. Ich hatte nichts gemacht. Bis dahin hatte João kein Wort mit mir geredet. Aber dann sagte er: »Ich mache Waterloo fit, so einen Schüler hab' ich noch nie erlebt, der beste, den ich je gehabt hab'«, und er warf mir unauffällig einen kurzen Blick zu; ich fragte nicht, worauf er hinauswollte, das wußte ich genau, ich kenn' seine Tricks, aber es interessierte mich nicht. João redete weiter, »hast du so was schon erlebt? Er hat das Zeug zum Meister, meinst du nicht?« Ich sagte: »Vielleicht; eigentlich hat er alles, nur ein bißchen Kraft und Masse fehlt ihm noch.« Der Neger, der zuhörte, fragte: »Masse?« Ich sagte, »an Armen, Beinen, Rücken, Brust etwas zulegen, alles andere ist.. «, ich wollte »sehr gut« sagen, sagte aber »gut«. Der Neger: »Heißt das Kraft?« Ich: »Kraft ist Kraft, die sitzt in einem drin.« Er: »Woher weißt du, daß ich keine habe?« Ich wollte sagen, das vermute ich, und vermuten ist vermuten, aber er sah mich auf eine Art an, die mir nicht gefiel, und deshalb sagte ich: »Du hast keine.« »Ich finde, doch«, sagte João mit seinem Plan im Kopf. »Aber der Bursche glaubt mir nicht«, sagte der Neger.

Wozu die Sache weitertreiben, dachte ich. Aber João fragte: »Hat er mehr oder weniger Kraft als du?«

»Weniger«, sagte ich. »Das wollen wir mal sehen«, sagte der Neger. João war sein Seu João, ich war der Bursche; von Rechts wegen hätte der Neger auf meiner Seite stehen müssen, aber das tat er nicht. So ist das Leben. »Wie willst du das herauskriegen?« fragte ich bissig. »Ich hab' einen Vorschlag«, sagte João, »wie wär's mit Armdrücken?« »Mir ist alles recht«, sagte ich. »Mir auch«, sagte der Neger.

João zog einen Strich quer über den Tisch. Wir legten die Unterarme so auf den Strich, daß mein ausgestreckter Mittelfinger Waterloos Ellbogen berührte, denn mein Arm war kürzer. João sagte: »Gomalina und ich sind Schiedsrichter; die Hand, mit der nicht gekämpft wird, darf flach auf dem Tisch liegen oder sich an der Kante festhalten; die Handgelenke dürfen vor Wettkampfbeginn nicht gekrümmt werden.« Wir setzten die Ellbogen in Positur. Genau in Tischmitte umklammerten sich unsere Hände, wobei die Finger nur die Daumenglieder des Gegners und seinen Handrücken umfaßten. Waterloo griff etwas weiter, denn seine Finger waren länger und reichten bis an meine Handkante. João begutachtete die Stellung unserer Arme. »Wenn ich JETZT sage, könnt ihr anfangen.« Gomalina kniete sich zur einen Seite des Tisches hin, João zur anderen. »Jetzt«, sagte João.

Armdrücken kann man auf zweierlei Arten angehen: mit einem Angriff, wo man's gleich richtig losgehen läßt und sofort die ganze Kraft in den Arm legt, oder mit Zurückhaltung: da hält man dem Angriff des anderen stand und wartet auf den richtigen Moment zum Runterdrücken. Ich entschied mich für den zweiten Weg. Waterloo drückte mit solcher Kraft, daß er mich fast erledigt hätte; verdammte Scheiße, damit hatte ich nicht gerechnet, mein Arm gab bis auf halbe Höhe nach, so was Blödes, jetzt mußte ich mich anstrengen, mich richtig ins Zeug legen. Ich zog ganz von hinten, so stark ich konnte, ohne das Gesicht zu verziehen, ohne die Zähne zusammenzubeißen, ohne mir anmerken zu lassen, daß ich meine ganze Kraft aufwandte, ohne meinem Gegner moralischen Auftrieb zu geben. Ich zog und zog und schaute dabei Waterloo ins Gesicht. Langsam, aber sicher gab er nach, bis wir wieder in der Ausgangsstellung landeten und unsere Arme zum Stillstand kamen. Unser Atem ging schon schwer, ich fühlte auf meinem Arm den Luftstrom, der aus meiner Nase kam. Ich darf nicht die Atmung vernachlässigen, dachte ich, diese Partie gewinnt, wer besser atmet. Unsere Arme bewegten sich keinen Millimeter von der Stelle. Ein Film fiel mir ein, in dem die Kontrahenten, beide Meister, lange Zeit so dasaßen, ohne daß einer in Vorteil kam, wobei der eine, der spätere Sieger, der Held, währenddessen Whisky trank und eine Zigarre qualmte. Aber das hier war kein Kino; es war ein brutaler Kampf, ich merkte, daß mein Arm und meine Schulter schon rot wurden; Waterloos Brustkorb glänzte unter einer dünnen Schweißschicht, sein Gesicht verzog sich langsam, und ich merke, daß er mit aller Kraft kam, und mein Arm gab ein bißchen nach und noch etwas, verdammt!, noch ein Stück, und als mir klar wurde, daß ich womöglich verlieren würde, packte mich die Verzweiflung und die Wut! Ich biß die Zähne zusammen! Der Neger atmete durch den Mund, zwar ohne Rhythmus, aber er schaffte mich, und dann beging er den großen Fehler: sein Gorillagesicht verzog sich zu einem Grinsen, und, schlimmer noch, zu dieser Provokation gackerte er heiser los, so siegessicher war er, und verschenkte damit das Quentchen Kraft, das ihm noch zum Sieg über mich fehlte. Wie ein Blitz schoß es mir durch den Kopf, jetzt!, und dem Ruck, mit dem ich zog, hätte keiner standgehalten, er versuchte es noch, aber der Ruck war zu heftig; sein Gesicht wurde grau, das Herz hüpfte ihm auf die Zunge, sein Arm erschlaffte, mit seiner Willenskraft war es aus – und als ich merkte, daß er aufgab, schlug ich aus lauter Bosheit seine Faust zweimal auf den Tisch. Er hielt meine Hand weiter umklammert, wie zu einem langen stummen Abschied, sein besiegter, kraftloser Arm lag nutzlos da wie ein toter Hund auf der Landstraße.

Ich machte meine Hand frei. João und Gomalina wollten darüber reden, was sich abgespielt hatte, aber ich hörte nicht zu – für mich war die Sache erledigt. João versuchte, seine Autorität auszuspielen und rief mich zu sich in eine Ecke. Ich ging nicht hin. Und jetzt Leninha. Ich zog mich an, ohne zu duschen, ging ohne ein Wort, tat nur, was mein Körper mir sagte, ohne einen Gruß; niemand brauchte mich, ich brauchte niemand. Genau, genau das.

Ich hatte den Schlüssel zu Leninhas Wohnung. Ich legte mich auf das Sofa im Wohnzimmer, ins Schlafzimmer wollte ich nicht, die rosa Tagesdecke, die Spiegel, die Tischlampe, die Frisierkommode voller Flakons, die Puppe auf dem Bett konnte ich nicht ertragen. Die Puppe auf dem Bett; Leninha kämmte sie jedenTag und zog sie frisch an – Höschen, Unterrock, Büstenhalter; und sie redete mir ihr, »mein süßes Herzchen, hast du Sehnsucht nach deinem Mammilein gehabt?« Ich schlief auf dem Sofa ein.

Leninha weckte mich mit einem Kuß auf die Backe. »Du bist früh hier, warst du heute nicht beim Training?« »Doch«, sagte ich, ohne die Augen aufzumachen. »Und gestern? Bist du gestern früh nach Hause gegangen?« »Ja.« Jetzt hatte ich die Augen auf; Leninha biß sich auf die Lippen. »Im Ernst jetzt, mein Schatz, bit-te ...« »Ja, ich rede im Ernst.« Sie seufzte. »Ich weiß, daß du da gewesen bist. Wie spät es war, weiß ich nicht, aber ich habe gehört, wie du mit Dona Maria gesprochen hast, sie wußte nicht, daß ich in meinem Zimmer war.« »So eine Gemeinheit«, sagte Leninha erleichtert. »Das war überhaupt keine Gemeinheit«, sagte ich. »So was macht man aber nicht mit ... mit Freunden.« »Ich hab' keine Freunde, aber wenn ich wollte, könnte ich welche haben, sogar Prinzen.« »Wie bitte?« fragte sie und lachte schallend, so verblüfft war sie. »Ich bin nicht irgendwer, ich kenne Prinzen und Grafen, nur daß du's weißt.« Sie lachte. »Prinzen?! Prinzen! In Brasilien gibt es keine Prinzen, Prinzen gibt's nur in England, du hältst mich wohl für bekloppt.« Ich sagte, »du bist dumm und hast keine Ahnung; gibt es vielleicht in Italien keine Prinzen? Ich kenn' einen, der ist Italiener.« »Bist du etwa schon in Italien gewesen?« Ich hätte sagen sollen, daß ich schon eine Gräfin vernascht hatte, die was mit einem italienischen Prinzen gehabt hatte, und verflixt, wenn man was mit einer hat, mit der ein anderer auch schon was hatte, dann kennt man den doch auch irgendwie, oder? Aber Leninha hätte mir auch diese Geschichte mit der Gräfin nicht geglaubt, die dann schließlich ein trauriges Ende genommen hatte, wie alle wahren Geschichten; aber das erzähle ich niemandem. Auf einmal wurde ich still und bekam das Gefühl, das ich manchmal hab', immer dann, wenn die Tage lang werden, und das fängt morgens beim Aufwachen an mit einer schrecklichen Stinklaune, und ich denke, nach dem Duschen geht das vorbei, nach dem Frühstück geht das vorbei, nach dem Training geht das vorbei, wenn der Tag vorbei ist, geht das vorbei, aber es geht nicht vorbei, und es wird Abend und mir geht es noch genauso, keine Lust auf eine Frau oder Kino, und am nächsten Tag ist es auch noch nicht vorbei. Ich hab' schon mal eine ganze Woche so verbracht, mir den Bart wachsen lassen und die Leute angesehen, aber nicht wie man sich ein Auto ansieht, sondern mit der Frage, wer ist das, wer ist das? Wer-ist-das-hinter-seinem-Namen? Leute, die in Massen an mir vorbeigegangen sind, diese Unmengen von Menschen auf der Welt – wer ist das?

Als Leninha mich so matt, wie eine alte Photographie, da liegen sah, wedelte sie mit einem Stück Stoff vor mir herum und sagte, »sieh mal, was für ein schickes Hemd ich dir gekauft hab', komm, zieh es an, zeig dich mir.« Ich zog es an, und sie sagte, »schick siehst du aus, wollen wir tanzen gehen?« »Und was sollen wir da?« »Ich will mich amüsieren, mein Schatz, ich hab' den ganzen Tag schwer gearbeitet.« Sie arbeitete tagsüber, sie geht nur mit verheirateten Männern, und die meisten verheirateten Männer machen so was nur tagsüber. Sie ging früh morgens zu Dona Cristina, und um neun Uhr morgens rief schon Kundschaft für sie an. Am meisten Betrieb war in der Mittagszeit und am späten Nachmittag; Leninha aß nie zu Mittag, dafür hatte sie keine Zeit.

Also gingen wir aus. Ich glaube, sie zeigte mich gern vor, denn sie bestand darauf, daß ich das neue Hemd anzog, suchte Hose und Schuhe aus und wollte mich auch noch kämmen, aber das ging wirklich zu weit, das erlaubte ich nicht. Sie war komisch, es machte ihr nichts aus, daß andere Frauen mich ansahen. Aber nur ansahen. Wenn eine mich ansprach, wurde sie rasend.

Das Lokal war dunkel und voll von unglücklichen Leuten. Wir hatten uns kaum gesetzt, da kam ein Mensch an unserem Tisch vorbei und sagte, »wie geht's, Tânia?« Leninha antwortete, »danke, gut, und wie geht's Ihnen?« Ihm ging es auch danke gut. Er sah mich an, nickte mit dem Kopf, als grüße er mich und ging an seinen Tisch. »Tânia?« fragte ich. »Mein Name bei der Arbeit«, antwortete Leninha. »Ich denke, da heißt du Betty?« fragte ich. »Ja, aber er hat mich bei Dona Viviane kennengelernt, und da hieß ich Tânia.«

In diesem Augenblick kam der Mensch zurück. Nicht mehr der Jüngste, halbe Glatze, gut gekleidet, für sein Alter noch ganz knackig. Er forderte Leninha zum Tanzen auf. Ich sagte: »Nein, mein Lieber, sie tanzt nicht.« Kann sein, daß er rot wurde, es war dunkel, und er sagte, »ich dachte...« Ich scherte mich nicht weiter um den blöden Kerl, er stand da, aber für mich existierte er nicht. Ich sagte zu Leninha: »Diese Typen denken immer nur, die ganze Welt ist voll von Denkern.« Der Mensch verschwand.

»Wie kannst du nur so was Schreckliches tun«, sagte Leninha, »das ist ein alter Kunde von mir, Anwalt, ein gepflegter Mann, und dann machst du so was mit ihm. So ein schlechtes Benehmen.« »Schlecht benommen hat er sich, oder hat er etwa nicht gesehen, daß du in Begleitung bist, ob ein Freund, Kunde, Liebhaber, Bruder, ist ja egal. Einen Tritt in den Hintern hätte ich ihm geben sollen. Und diese Geschichte mit Tânia und Dona Viviane, was ist damit?« »Das ist ein Haus, wo ich früher verkehrt habe.« »Früher, wieso früher, ich denke, du hast erst im letzten Jahr damit angefangen? Wieso früher?« »Das war gleich, als ich angefangen habe, mein Schatz... ganz am Anfang...«

Es ist zum Verzweifeln.

»Komm, wir gehen«, sagte ich. »Jetzt gleich?« »Ja.«

Leninha war verärgert, traute sich aber nicht, es zu zeigen. »Wir nehmen ein Taxi«, sagte sie. »Warum?« fragte ich. »Ich bin nicht so reich, daß ich Taxi fahren kann.« Ich hoffte, sie würde sagen, es ist mein Geld, aber sie sagte es nicht. Ich hakte nach: »Du bist dir zum Busfahren zu gut, was?« Sie schwieg noch immer; ich bohrte weiter: »Du bist eine feine Dame, eine Frau mit Niveau, mit Format.« Da sagte sie ruhig, mit fester Stimme, als wäre nichts gewesen: »Wir fahren im Bus.«

Wir fuhren im Bus nach Hause, zu ihr.

»Was willst du hören?« fragte Leninha. »Nichts«, antwortete ich. Ich zog mich nackt aus, Leninha ging ins Badezimmer. Die Füße an der Bettkante, die Hände auf dem Boden, machte ich fünfzig Liegestütze. Leninha kam nackt aus dem Badezimmer zurück. Alle beide nackt, reglos wie Statuen, standen wir im Schlafzimmer.

Anfangs war dieser Anfang immer gut: Wir waren beide nackt und taten so – und wir wußten, daß wir so taten –, als bewegten wir uns ganz ungezwungen. Sie beschäftigte sich mit belanglosen Sachen, machte das Bett fertig, band ihr Haar zusammen und zeigte dabei ihren festen, gesunden Körper von allen Seiten – Füße und Brüste, Hintern und Knie, Bauch und Hals. Ich machte ein paar Liegestütze, anschließend, als hätte ich gar nichts vor, ein paar Spannungsübungen nach Charles Atlas, zeigte dabei aber schon, daß auch ich ein vollkommenes Geschöpf war, und es bereitete mir – und ihr bestimmt auch – eine ungeheure Lust, weil ich wußte, daß ich voller Verlangen beobachtet wurde, bis sie ganz unverhohlen auf die richtige Stelle guckte und mit tiefer, belegter Stimme, als fürchte sie sich wie vor einem Sprung in einen Abgrund, »mein Schatz« sagte, und damit war dann die Vorstellung zu Ende, und wir fielen übereinander wie Kinder, die laufen lernen, verschmolzen ineinander, trieben uns zum

Wahnsinn, und wußten nicht mehr, aus wessen Kehle die Schreie kamen, und flehten einander an aufzuhören, hörten aber nicht auf und trieben unsere Raserei noch weiter, als wünschten wir uns, in diesem kraftvollen Augenblick zu sterben, wir steigerten uns und explodierten, drehten uns in roten und gelben Feuerrädern, die aus unseren Augen und unserem Leib und unseren Muskeln und unseren Säften und unserem Geist und unserem zersprengten Schmerz kamen. Dann Frieden: Abwechselnd horchten wir auf das heftige Pochen unserer ruhigen Herzen, ich legte mein Ohr auf ihre Brust, und dann blies sie leicht zwischen ihren erschöpften Lippen besänftigend auf meine Brust; und eine Leere senkte sich über uns, als hätten wir das Gedächtnis verloren.

Aber an diesem Tag blieben wir starr wie Statuen. Da wickelte ich mir das erstbeste Wäschestück um, das ich fand, und sie machte das gleiche und setzte sich auf das Bett und sagte, »ich wußte, daß es so kommen würde«, und das war es – also sie, die ich für beschränkt hielt –, was mir klar machte, was passiert war. Da begriff ich, daß die Frauen irgend etwas in sich haben, womit sie Unausgesprochenes erfassen. »Was habe ich getan, mein Schatz?« fragte sie, und ich bekam entsetzliches Mitleid mit ihr; so ein Mitleid, daß ich mich neben sie legte, ihr das Kleidungsstück, in das sie sich gewickelt hatte, vom Leib riß, ihre Brüste küßte, mich durch Gedanken an früher erregte, und dann liebte ich sie wie ein Handwerker, der seine Arbeit macht, und täuschte ihr Stöhnen vor und preßte sie gespielt heftig an mich. Ihr Gesicht wurde feucht, erst rund um die Augen, dann auch auf den Wangen. Sie sagte: »Was wird nur aus dir ohne mich?«, und als sie das sagte, fing sie auch an zu schluchzen.

Ich zog mich an, während sie mit einem Arm über den Augen im Bett liegen blieb. »Wie spät ist es?« fragte sie.

Ich sagte, »Viertel nach drei«. »Viertel nach drei... ich will mir merken, um wieviel Uhr ich dich zum letzten Mal gesehen habe...«, sagte Leninha. Es hatte keinen Zweck, irgend etwas zu sagen, und deshalb ging ich und zog die Wohnungstür sorgfältig zu.

Ich wanderte durch die leeren Straßen, und als es Tag wurde, stand ich vor dem Plattenladen und wartete sehnlichst darauf, daß er aufmachte. Erst kam einer und schloß die Eisentür auf, der nächste, der kam, schrubbte den Bürgersteig, dann kamen noch ein paar, richteten den Laden her und stellten die Lautsprecher raus, bis endlich die erste Platte aufgelegt wurde, und von der Musik kamen sie aus ihren Höhlen heraus und stellten sich neben mich und waren stiller als in einer Kirche. Genau, wie in einer Kirche, und ich bekam Lust zu beten und wünschte mir, Freunde zu haben und ein Auto und daß mein Vater noch lebte. Und ich betete im stillen und stellte mir allerhand vor, wenn ich noch einen Vater hätte, würde ich ihn auf die Wange küssen und auf die Hand, damit er mich segnete, und ich wäre sein Freund und wir wären beide andere Menschen.

Henri

Schlicht, nüchtern, ruhig; Augen eines anständigen Mannes; Mund eines sensiblen Mannes, vielleicht eines Intellektuellen; wohlerzogen, achtbar und pünktlich. Im Spiegelviereck tauchte seine Hand auf, lang, weiß, kräftig und peinlich sauber, sie strich über seinen schwarzen Bart. Wenn er den Kopf ein wenig drehte, glänzten seine Barthaare dank eines optischen Effektes, als besäßen sie eine eigene Lichtquelle; das machte er mehrfach, so daß er sich fast im Profil sah, wobei er die Augen stark verdrehen mußte, bis sie schmerzten. Dann betrachtete Henri seinen Schädel, der glatt wie ein Ei war. Beim Anblick seines kahlen Kopfes zog sich ihm immer das Herz zusammen, worauf er sich zum Trost sagte, daß sein hoher Schädel (der Abstand zwischen den Ohren und der Schädeldecke war enorm) ein Zeichen für Intelligenz war und daß die Tatsache, daß er eine Glatze hatte, sich noch nie negativ auf seine Arbeit ausgewirkt hatte, und das entsprach absolut der Wahrheit.

Er sah auf die Uhr. Es war zwei. Lieber noch eine Stunde warten. Drei Uhr nachmittags ist die beste Zeit, eine Frau zu besuchen, vor allem, wenn sie mittleren Alters ist, was sicherlich bei Mme Pascal zutraf.

Morgens sind die Frauen wie alte Lappen, häßlich, abstoßend, von der Nacht zerknittert und übelriechend. Sie wissen das und verabscheuen Begegnungen mit Fremden um diese Zeit, wenn sie sich noch nicht parfümiert, die Haare gebürstet, das Gesicht geschminkt haben. Er überlegte: Sollte ich mit meiner Kritik ungerecht sein? Er hatte sich immer für einen korrekten Mann gehalten, und ein paar Augenblicke lang analysierte er sein Urteil anhand seiner großen Erfahrung.

Mme Pascal. Noch eine Stunde. Mme Pascal, eine glückliche Koinzidenz von Namen, denn Pascal war sein großer Meister, sein Lieblingsautor, und ihn zu lesen bereitete ihm ebenso viel Vergnügen wie Victor Hugo. In der Tat, wenn er sich überhaupt ein paar Tugenden zugute halten konnte, die zu besitzen er, bei aller Bescheidenheit, sich zugestand, gab es nicht den geringsten Zweifel daran, daß die Lektüre von Pascal in hohem Maße dazu beigetragen hatte. Er ging zum Bücherregal und griff ein Buch mit braunem Einband heraus, auf dessen Rücken *Esprit de Géométrie* stand. Seine kräftigen Hände liebkosten das Buch eine ganze Weile; dann drückten sie es an seine Brust, und Henri verspürte etwas Mystisches in seinem Inneren. Er preßte die Hände auf das Buch und fühlte seinen festen Einband; er schloß die Augen.

Sorgfältig zog er die Hosenbeine hoch, um die Bügelfalte zu schonen, und setzte sich in den Sessel. Seine Erfahrung (seine große Erfahrung) und die Lektüre von Pascal ließen ihn immer an zwei Straßen denken, über die der Glaube sich vermitteln läßt: der Verstand und der Wille des Zuhörers. Der Verstand ist der natürlichere Weg, der Wille der üblichere. So verhält es sich mit den Wahrheiten im Bereich der Natur, in der die strikt rationale Methode den einzigen sicheren Weg bietet. Hatte er es im übrigen nicht der Sicherheit, mit der er arbeitete, zu verdanken, daß er diesen riesigen und, warum sollte er es nicht aussprechen, unglaublichen Erfolg hatte? Oh, wenn die anderen wüßten! Und die übernatürlichen Wahrheiten? Die konnte er nicht erreichen. Vielleicht, weil Gott das hochmütige Denken der Menschen erniedrigen wollte, konnten diese Wahrheiten nur über das Herz in den Kopf gelangen. Die natürlichen Dinge muß man erkennen, ehe man sie lieben kann; die übernatürlichen Dinge werden nur jenen bekannt, die sie lieben. Es gab Augenblicke, wie jenen beim Betrachten von Mme Cuchets glasigen Augen, da hatte er eine wenn auch nur kurze, flüchtige Vision von einer sich aufdrängenden Wahrheit gehabt – Henri schlug die Augen auf und strich sich über den Bart. Mme Cuchet; niemand außer ihr hatte ihm derart unerbittlich einen Beweis intellektueller Macht mitsamt intimer Kenntnis der Frau abverlangt, der seine Argumente galten. Ach, der Meister sagte, diese Methode sei unvergleichlich viel schwieriger, subtiler, bewundernswerter und bezeichnete sich selbst als unfähig, sie anzuwenden, hielt es sogar für unmöglich. Nicht so er, Henri, mit seiner großen Erfahrung. Er holte aus der abgeschlossenen Schublade sein schwarzes Heft und sah sich noch einmal seine kritischen Aufzeichnungen an, und Erinnerungen fluteten ihm in den Kopf.

Punkt drei klingelte er an der Tür von Mme Pascal. In der Tasche hatte er die kleine Anzeige, in der sie Möbel zum Verkauf anbot.

Die Tür geht auf. Sie dürfte neunundvierzig sein, vielleicht fünfzig; sie näht sich ihre Kleider selbst; man merkt, daß sie eine alleinstehende Frau ist und allen gegenüber mißtrauisch; bestimmt denkt sie, daß ich sie mit schnöden Preisangeboten für die Ware übervorteilen will; vielleicht trennt sie sich von den Möbeln, um aufs Land zu ziehen – bei dieser Feststellung (und da er sich nie irrte) wird Henri angesichts der sich eröffnenden Perspektiven so aufgeregt, daß sein Herzschlag aus dem Takt gerät.

Vor Mme Pascal steht ein beflissen wirkender, gut (aber diskret schwarz) gekleideter Mann mit einer lächerlichen

Glatze und schwarzem Bart. Ha! Der Schlawiner denkt, er könnte mich betrügen, der meint, ich verkaufe ihm meine wunderbaren Möbel für ein paar Groschen! Der wird was erleben!

Jetzt steht Henri in der Wohnung und begutachtet sachverständig die Möbel. Die Preise, die er bietet, lassen Mme Pascals Mißtrauen allmählich schwinden; seine einnehmende Höflichkeit, seine ausgesuchte Erziehung, die sich in seiner wohlmodulierten Stimme und seinen gepflegten Gesten offenbart, beeindrucken Mme Pascal. Ehe Henri sich verabschiedet, werden ein paar Informationen ausgetauscht. Sie hat als Schneiderin genug für ein bequemes, wenngleich bescheidenes Leben gespart und will aufs Land ziehen. Er hat in Lille eine Fabrik, die von den Deutschen besetzt ist, und wenn der Krieg zu Ende ist, wird man ihm all seine Besitztümer zurückgeben, und er wird wieder ein reicher Mann sein. Da sagt Mme Pascal, daß sie alleine lebt. Henri verabschiedet sich und verspricht, am nächsten Tag wiederzukommen.

Am nächsten Tag erscheint Henri mit einem Strauß roter Rosen in der Hand. Die Rosen sind mit größter Sorgfalt ausgesucht worden. Er konnte lange Zeit mit der Begutachtung einer Blume verbringen, vor allem einer Rose, denn das war seine Lieblingsblume.

Von den Möbeln wird nicht mehr gesprochen. Henri spricht über Blumen, sie sind ein Geschenk Gottes. Er spricht über Musik, über Mozart und Debussy. Musik und Blumen sind seine großen Leidenschaften. Ein richtiger Herr, denkt Mme Pascal, man merkt ihm seine Kinderstube an, daß er aus gutem Haus, vornehm, wohlerzogen, fein ist und weiß, wie man eine Dame behandelt.

Der Abend vergeht schnell. Henri fragt, ob er wiederkommen darf, sie haben so viel gemeinsam, die gleiche Liebe zur Musik, zu den Blumen und Dichtern. Dichter?

fragt Mme Pascal. Henri: Ich dachte, ich hätte mit Ihnen über Lamartine und Musset gesprochen. Beim Abschied küßte Henri Mme Pascal die Hand.

Vor dem Schlafengehen trank Henri ein Glas Milch. Er faltete sorgfältig seine Hose und hängte sie zusammen mit dem Jackett und der Weste auf einem Bügel in den Kleiderschrank.

In dieser Nacht träumte er von seinem Vater, was ihm seit etwa sechs Jahren nicht mehr passiert war.

Es war ein ganz anderer Traum als sonst. Er befindet sich an einem Wintertag in einem dunklen Wald; weiße Nebelschwaden sinken wie Rauch von den Bäumen herab, kein Laut ist zu hören, nichts bewegt sich. Er schaut auf die dunklen Baumstämme und sucht nach irgend etwas; er geht durch den Wald, bis er unter einem Baum eine Gestalt erblickt: ein vollkommen schwarz gekleideter Mann mit einem Strick in der Hand. Jetzt steht er dem Mann gegenüber und sieht, daß der Strick an dem einen Ende eine Schlaufe hat, die der Mann sich um den Hals legt, während er das andere Ende über den Ast über seinem Kopf wirft. Das Strickende schwingt wie ein Uhrpendel hin und her. Jetzt sehen die beiden sich von Angesicht zu Angesicht lange an. Henri erkennt seinen Vater; der Vater faltet die Hände wie zum Gebet und hält sie dicht vor den Brustkorb, seine groben, kurzfingerigen, verdreckten Mechanikerhände; Motoren reizen mich nicht mehr, sagt er zum Vater; ich gehe auch nicht mehr in die Kirche; der Vater antwortet nicht. Da stellt Henri fest, daß auf dem Gesicht des Vaters keinerlei Ausdruck liegt, daß dort, wo sonst die Augen liegen, zwei dunkle, tiefe Löcher sind. Henri ergreift den Strick und zieht, er muß sich enorm anstrengen und auf die Erde knien, um den Körper des Vaters hochzuziehen. Während sich der Körper, am Hals gezogen, vom Boden hebt, verändert er seine Form und wird lang. Jetzt ist der Körper oben; das Gesicht des Vaters ist noch eine Weile unverändert, doch auf einmal zeigt er die Zähne, als ziehe er eine Grimasse oder lächele oder beides gleichzeitig, und zwischen den Zähnen erscheint eine rote Zungenspitze, das einzige weit und breit, das nicht weiß oder schwarz ist... Er hält das Strickende weiter fest, denn er weiß, wenn er das nicht tut, wird der Körper des Vaters wieder herunterkommen. Das Gewicht ist unerträglich schwer; er kniet und sucht nach einer Stelle, wo er das Strickende befestigen kann, aber der Baumstamm ist zu weit weg; das Gewicht ist entsetzlich schwer, er schwitzt, sein ganzer Körper wird naß, der Strick schneidet ihm in die Hand, Blut tritt aus (schwarzes); er kann es nicht mehr lange aushalten, er setzt seine ganze Kraft ein, aber er weiß, daß er es nicht mehr lange aushalten wird.

Nachdem er aufgewacht war, konnte Henri den Rest der Nacht nicht mehr schlafen. Seit dem Selbstmord des Vaters im Bois de Boulogne hatte Henri nicht mehr an ihn gedacht. Daß er es in diesem Augenblick tat, war ihm so lästig, daß er aus dem Bett steigen mußte. Er zog sich seinen Samtmorgenrock an. Dann setzte er sich in den einzigen Sessel seines Zimmers und las *Méditations Poétiques*. Wie ungebildet die Frauen sind, dachte er, diese blöden Gesichter, die sie machen, wenn ich von Lamartine spreche, die denken immer, es ginge um den Schlachter an der Ecke. Ach, wieviel Mühe machte es, ihnen Verse von Lamartine und Musset vorzutragen! Bei dem Gedanken daran bekam Henri großes Mitleid mit sich selbst; und Wut auf Mme Pascal, deren faltige, leicht nach Zwiebel riechende Hand er hatte küssen müssen. Es war sehr viel besser, wenn sie jünger waren, so wie Andrée Babelay zum Beispiel. Nein, Andrée war zu jung. Aber vielleicht hatte ihn deshalb ihre Unwissenheit nie geärgert. Ihm gefiel die Rolle des Lüstlings, die er spielte, wenn er mit dem zur kleinen Hausangestellten gewordenen Mädchen vom Lande zusammen war, die schlimmen Ausdrücke, die sie benutzte, die obszönen Dinge, die sie mit ihm machte; das Rot, das ihren Hals und ihr Gesicht in Augenblicken der Leidenschaft überzog; und trotzdem hatte auch sie gehen müssen – aus anderen Gründen, Sicherheitsgründen. Mehrere Menschen hatten sie zusammen auf der Straße gesehen – einen Mann mittleren Alters mit Glatze und Bart und ein Mädchen mit glänzenden Augen und braunen Haaren bis auf den Rücken –, wie sie lachten und sich berührten, eine Hand auf dem Arm, Schulter an Schulter, Fuß an Fuß, auf offener Straße, ein Wahnsinn. Arme Andrée, ein so großes Risiko konnte er nicht eingehen, sie brachte allmählich sein Leben durcheinander, und für die Art von Geschäft, die er betrieb, waren Disziplin, Gewissenhaftigkeit, Pünktlichkeit und Organisation wesentliche Voraussetzungen, die man nicht vernachlässigen durfte.

Diese Überlegungen hatten ihn zu einem entschlußkräftigen Profi gemacht. Er mußte den Fall Pascal schnell lösen; seine beste Leistung würde es nicht, denn den Fall von Mme Buisson, jener glatzköpfigen Frau, die eine Perücke trug, hatte er in kürzerer Zeit abgeschlossen.

Den Rest der Nacht verbrachte Henri mit Planen. Obwohl die Prozedur schon zehnmal durchgeführt worden war, verzichtete er nicht darauf, sie bis ins letzte Detail im voraus zu planen.

Am 4. April kam Henri wie vereinbart zu der kleinen Wohnung von Mme Pascal, um sie zu einem Besuch in seinem Landhaus, der Villa Gambais, abzuholen.

Während der Fahrt wurde ein kleiner Fehler begangen. In einem unbedachten Augenblick gestand Henri Mme Pascal, daß seiner Meinung nach das Ende des Krieges kurz bevorstehe und daß dies für seine Geschäfte nicht gut sei. Krieg ist etwas Grauenhaftes, sagte Mme Pascal, so viele junge Menschen werden getötet, so viele Besitztümer zerstört. Worauf Henri erwiderte, Krieg gebe es schon seit Bestehen der Welt, der Krieg sei das menschlichste Merkmal der Menschheit, und genau das unterscheide den Menschen vom Tier; außerdem sei der Krieg gut für die Geschäfte, für neue wissenschaftliche Entdeckungen, er bringe allen Fortschritt, sowohl den Nationen als auch den Menschen. Nur nicht denen, die sterben, entgegnete Mme Pascal. Ach, irgendeiner muß ja sterben, es stirbt immer jemand, erwiderte Henri. Da erinnerte Mme Pascal sich und fragte, und was ist mit der Fabrik, Ihrer Fabrik in Lille, die von den Deutschen besetzt ist, bekommen Sie die nicht zurück? Wieso kann das denn für Ihre Geschäfte schlecht sein? Zu Henris Erleichterung sah sie ihn mit Genugtuung an, denn wäre der Blick, den sie auf ihn richtete, mißtrauisch gewesen, hätte er vielleicht seine Pläne verworfen. Eine lange Erklärung: Die Fabrik würde in miserablem Zustand in seinen Besitz zurückgelangen, ein Antrag auf Entschädigung müsse gestellt werden, die Sache würde sich jahrelang bei den Gerichten hinschleppen; sein Leben komme erst jetzt in geordnete Bahnen, und das Ende des Krieges würde ihm neue Umstellungen, neue Pläne abverlangen; vielleicht habe sie aber auch recht und es sei gar nicht so schlecht, wenn der Krieg zu Ende ginge etc. Das alles waren nur Lippenbekenntnisse, denn in seinem tiefsten Inneren dachte Henri, daß das Ende des Krieges entsetzlich wäre, die Zerstörung – hier gerieten Henris Gedanken in Verwirrung: die Zerstörung wovon? Seines methodischen Lebens? Seiner Ideale? Seiner Macht? Seiner Kraft? Seiner Ruhe?

Hier ist mein kleines Paradies, sagte Henri, als sie vor der Villa Gambais vorfuhren. Es war Frühling; die Wiesen waren voller Blumen, auf Henris Besitz wuchsen praktisch alle Blumen, die auf dem französischen Boden gedeihen. Henri betrachtete sie mit unendlicher Zärtlichkeit.

Eile ist geboten, dieser Satz ging durch Henris Kopf. Mme Pascal war müde. Die Villa war mit Möbeln eingerichtet, die von zehn verschiedenen Vorbesitzern stammten. Setzen Sie sich hierher, sagte Henri, Sie sind von der anstrengenden Fahrt bestimmt müde. Von der aufregenden Fahrt, lächelte Mme Pascal. Setzen Sie sich, dann werden Sie sehen, wie die Müdigkeit im Nu vergeht.

Mme Pascal setzte sich. Eine kleine Massage, sagte Henri zartfühlend. Seine Finger liebkosten Mme Pascals Hals, ihre Schultern; was für sanfte Hände, dachte sie, was für geschickte Finger, was für ein bezaubernder Mann. Wie mager sie ist, dachte Henri, wie empfindlich ihr Körper ist, wie fein ihre Knochen sind, sie darf auf keinen Fall leiden. Er stand hinter ihr, über den Sessel gebeugt, alle zehn Finger an ihrer Kehle. Jetzt! Die Daumen preßten sich mit aller Kraft gegen den Schädelansatz, und die Spitzen der übrigen Finger drückten schnell und fest die Kehle zu. Henri fühlte, wie die Knorpel nachgaben und gleich darauf die Knochen des Kehlkopfs brachen.

Mme Pascal gab nicht einen Laut von sich. Aber ihr ganzer Körper erzitterte in einem entsetzlichen Anfall, der nicht ganz eine Sekunde dauerte. Dabei entglitt sie fast Henris Händen, worauf er noch stärker zudrückte, so daß ein paar Fingernägel die Haut an Mme Pascals Hals aufrissen. Schweiß benetzte Henris Stirn.

Ohne große Anstrengung schleppte er Mme Pascals noch immer am Hals umklammerten Körper in die Küche und legte ihn auf einen Tisch. Zufrieden stellte er fest, daß es zu keiner Ausscheidung von Stuhl oder Urin gekommen war. Mme Pascals Unterwäsche war sauber (relativ gesehen). Fasziniert studierte Henri den Tod auf Mme

Pascals nacktem Körper. Das Gesicht: fast über das ganze Gesicht verbreitet Petechien, die auf der blassen, bläulich verfärbten Haut ein scharlachartiges Punktmuster bildeten; die Augen geschwollen; an den Nasenflügeln ein blutiger Schaum; die Zunge zwischen den Zähnen hervorgepreßt.

Das Leben war etwas Maßloses, Grandioses, die größte aller Kräfte, und das alles hatte er in diesem Augenblick mit seinen eigenen Händen zerstört. Er, Henri. Gott gab und nahm das Leben? Er, Henri, konnte, wenn er wollte, den Tod erzeugen. Deshalb sah er sorgfältig und begierig zu, wie er sich auf dem Körper von Mme Pascal bemerkbar machte.

Der Tod verzehrt das Leben langsam, dachte Henri. Zuerst wird der Körper unbeweglich, das Bewußtsein geht verloren (Mme Pascal! hatte er sie zweimal gerufen, Mme Pascal!), die Atmung und die Herzschläge setzen aus. Es war schon Abend, und Mme Pascals Körper war kalt, auf ihrer Haut bildete sich kein kalter Schweiß mehr, ihr Körper wurde steif. Der Augenblick, seine Rolle als Nigromant zu spielen, war gekommen. Bei Mme Cuchet hatte er länger gewartet, bis ihre Haut bei der Berührung an Pergament erinnerte und ein merkwürdiger grüner Fleck sich auf ihrem welken Bauch bildete. Ein grüner Fleck, dessen Erscheinen (eine Seltenheit!) auf Mme Pascals Bauch er nicht abwartete, denn er begann, ihren Körper mit Messer und Beil und der Sicherheit eines Meisters zu zerlegen.

Der Feind

Erste Halbzeit

1. Ich denke viel nach, was mir immer vor dem Schlafengehen passiert, wenn ich die Türen des Hauses schließe. Das macht mich ungemein gereizt, denn wenn ich wieder ins Bett gehe, überkommen mich Zweifel, trotz der Gedächtnishilfen, die ich eingesetzt habe, um sicher zu gehen, daß ich alle Fenster und Türen geschlossen habe, und ich muß erneut aufstehen. An manchen Abenden stehe ich fünf, sechs, siebenmal auf, bis ich endlich nach Beseitigung sämtlicher Ungewißheiten beruhigt einschlafe. Heute zum Beispiel bin ich schon zweimal aufgestanden, um nachzusehen, ob die Türen tatsächlich geschlossen sind, aber dann habe ich doch nicht ordentlich kontrolliert. Die Gedächtnishilfen, die ich dabei benutze, schienen eigentlich gut zu sein. Am Terrassenfenster habe ich kurz und kräftig zwischen die Fensterläden gespuckt und, während ich den Riegel schloß, auf einem schwankenden Speicheltropfen den Reflex der Straßenbeleuchtung gesehen. An der vorderen Tür habe ich, während ich den Riegel vorschob, zweimal laut *alea jacta est* gerufen. An der Hintertür habe ich, nachdem ich sie abgeschlossen hatte, ein Bein angehoben und mit der Fußsohle den Türgriff berührt. Er war kalt. Dann habe ich mich hingelegt und ruhig auf die Rückkehr von Ulpiniano-den-Sanften, Mangonga, Najuba, Felix, Roberto und mir selbst gewar-

tet. In diesem Augenblick im Bett stelle ich bei dem Wort *Rückkehr* beunruhigt fest, daß ich mich bei meiner Kontrollrunde nicht auf diese wesentlichen Aufgaben konzentriert habe (zweimal sind schon die Diebe in mein Haus eingedrungen und haben mir einen erheblichen Teil meiner Habe gestohlen), sondern in Gedanken abgeschweift bin, weshalb ich nicht die Gewißheit haben kann, daß ich sie präzise ausgeführt habe. Tatsächlich habe ich, das kann ich jetzt rekapitulieren, als ich die Tür schloß und laut *alea jacta est* gerufen habe, an den Pinselohraffen gedacht, der mit Vespasiano redete, dem Vater von Ulpiniano-dem Sanften und dessen Bruder Justin, der von Beruf Zauberer war und dem ich zur Hand ging. Obwohl manche Leute behaupteten, ich wäre aus Liebhaberei Zaubererassistent, war ich in Wirklichkeit nur an dem Geld interessiert, das ich bei jeder Vorstellung verdiente und mit dem ich meine Ausbildung finanzierte, denn so sehr gefiel mir die Aufgabe gar nicht, vor allem, weil Justin von mir verlangte, zur Arbeit eine Fliege umzubinden. Wir traten mit unserer Nummer in Zirkussen und Klubs auf. Die Zirkusse gastierten fast immer in den Vororten, und samstags und sonntags gab es außer der Abendvorstellung (um 21 Uhr) auch eine Nachmittagsvorstellung (16 Uhr). Dadurch verbrachte ich praktisch den ganzen Samstag und Sonntag in den Außenbezirken, denn nach Hause zu fahren lohnte sich nicht. Das störte mich aber nicht, denn ich war in Aspásia verliebt (was sie nicht wußte), die Seiltänzerin aus Peru oder Ecuador oder vielleicht Bolivien. Sie trug zum Seiltanz einen kurzen roten Satinrock und einen bunten Schirm, wunderschön war sie, wenn sie mit konzentriertem Gesicht, ihr Körper ganz Gleichgewicht und Kraft, leicht und gewandt über das Stahlseil glitt. Aber sie wollte nichts von mir wissen, denn ich war erst 15 und sonst nichts.

Ich muß die Ereignisse ordnen. Wir sind im Gymnasium und ich bin Schüler und Zaubererassistent. Es ist Montag; ich bin traurig, denn am Sonntag bin ich zu Aspásia gegangen und habe ihr auf spanisch *La Casada Infiel* vorgetragen; nachdem sie sich lächelnd angehört hatte, was sie (wie ich fand) zu Tränen hätte rühren müssen, beendete sie das Thema mit den Worten, mein Spanisch sei widerlich. Nicht wörtlich, aber doch sinngemäß. Ich mußte zur Schule gehen, dabei wünschte ich mir, ich sei auf der Insel Cayo Icacos, die ich auf dem Atlas entdeckt hatte und auf der es bestimmt Kokospalmen, blaues Meer und einen kühlen Wind gab, und Aspásia an meiner Seite.

Die erste Stunde hatten wir bei Cambaxirra, der so genannt wurde, weil er spindeldürr war und seine Arme wie die Flügel eines häßlichen Vogels aussahen. Wir verachteten ihn, vielleicht haßten wir ihn sogar; die Jugend kennt gegenüber den Schwachen kein Pardon. Mangonga in der letzten Reihe las ein schweinisches Buch aus der grünen Reihe, *Die Luxus-Hetären.* Ulpiniano-der-Sanfte schien im Unterricht aufzupassen, aber ich wußte, daß er das ganz bestimmt nicht tat; Felix machte Notizen; Najuba machte Notizen; Roberto fabulierte mit verdrehtem Blick. Die Phase, in der es uns (den Anführern der Klasse) Spaß machte, uns über Cambaxirra lustig zu machen, was dank seiner Taubheit ohne großes Risiko möglich war, hatten wir schon hinter uns. An diesem Tag nahm Roberto mich nach der Stunde beiseite und sagte, »hör zu, ich erzähl' dir jetzt was, das traue ich mich niemand sonst zu erzählen, nicht mal meiner Mutter oder meinem Vater oder meinen Geschwistern«, was überhaupt keine Auszeichnung bedeutete, denn Roberto lebte zu Hause ganz isoliert, las einsam Abhandlungen über Parapsychologie und hatte keinerlei Möglichkeit, mit seinen Eltern zu kommunizieren, die, als sie ihn bekommen hatten, schon in fortgeschrittenem Alter waren. Der Altersunterschied zwischen ihm und seinen Geschwistern betrug mindestens zwanzig Jahre. Sein Gesicht sah so aus: blaß, Ringe unter den Augen (er las die Nächte durch, wovon seine Mutter nichts ahnte) und eine selbst für einen erwachsenen Mann sehr lange Nase. Es war also keinerlei Auszeichnung, daß er mir erzählte, was er nicht-mal-seiner-Mutter-etc.-erzählt-hätte. Er nahm mich zur Seite und redete erst, nachdem er sich, obwohl wir abseits in einem Flurwinkel standen, vergewissert hatte, daß niemand uns hörte.

»Ich bin heute geflogen«, sagte er. Seine Augen glänzten.

»Im Ernst?« sagte ich. Mir kamen Zweifel. Nicht an ihm, aber an dem Flug. Roberto log nie.

»Ja. Ehrenwort. Du glaubst mir doch, oder?« fragte er und sah mich ängstlich an. »Ich bin zwanzig Zentimeter über den Boden hochgekommen.«

Wir gingen zu der Kneipe in der Rua Vieira Fazenda. Wir bestellten Milchkaffee im Glas und einen Mortadella-Sandwich, ein Luxus. Dann erzählte er mir in Einzelheiten, wie sich die Sache abgespielt hatte, ungefähr so: Es war gleich nachdem er das Buch *Researches in the Phenomena of Spiritualism* von Sir W. Crooks zu Ende gelesen hatte. Als Crooks im Jahre 1920 das Buch schrieb, glaubte niemand an solche Dinge, mit Ausnahme von frommen Fanatikern. (Und trotzdem sind die heilige Theresia und der heilige Johannes vom Kreuz, die man hat schweben sehen, nicht wegen dieser, sondern anderer Talente bekannt. Der heilige Joseph von Copertino gelangte, obwohl er über 100 Meter geflogen ist, zu keinem besonderen Ansehen in der Kirchengeschichte, weil er ein ziemlich dummer Heiliger war.) Außerhalb kirchlicher Kreise schenkte man parapsychologischen Phänomenen wie Telepathie, Hellseherei und anderen Formen übersinnlicher Wahrnehmung nicht besonders viel Glauben. Roberto hatte mit Experimenten in ÜSW (übersinnliche Wahrnehmung) begonnen und Murchison, Rhine, Sval, Goldney, Bateman und Zorab gelesen. Und danach Richet, Osty, Saltmarsh, Johnson und Pratt. Und dann noch Schmeidler, McConnell, Myers und Podmore. Und schließlich Schrenk-Notzing, Playne und L. S. Bendit. Es gab niemanden, der mehr über Parapsychologie gelesen hatte als er. Er korrespondierte mit der Psychical Society of England. Er schrieb Briefe an S. P. Bogvouvala in Indien, und gemeinsam stellten sie tolle Sachen an (der eine las aus der Entfernung die Gedanken des anderen). Aber ein Medium, Hypnotiseur oder Telepath zu sein, bedeutete ihm nichts. Sein eigentliches Interesse galt der Levitation. »Es ist alles eine Frage der Beherrschung der Körperenergien«, sagte er. Er war kein Mystiker, das hätte sonst vielleicht die Sache vereinfacht. (Siehe H. H. C. Thruston, *The Physical Phenomena of Mysticism.*) Aber er besaß eine große Willenskraft. Eines Tages, an jenem bewußten Tag, begann er morgens mit Konzentrationsübungen; seine Familie war nicht da, es war Wochenende, er war zu Hause geblieben, um für die Prüfungen zu arbeiten. Er aß nicht zu Mittag, aß überhaupt nichts an jenem Tag, auch nicht zu Abend. Er spürte eine enorme Energie in sich, spürte, daß sie sich sammelte, an Kaft und Antrieb zunahm. Es wurde Nacht. Als der Tag anbrach, stellte er fest, daß sein Körper langsam vom Boden abhob; er schwebte eine Weile in der Luft, ziemlich lange, bis er merkte, daß seine Kräfte nachließen und er wieder hinuntersank.

2. Ob Roberto heute noch immer fliegt? Das ist eine Frage, die ich klären muß. Aber nicht nur das. Und was

ist mit der Auferstehung von Ulpiniano-dem-Sanften? Und dem Pinselohraffen, der reden konnte?

Natürlich glaubte ich damals nicht, daß der Affe sprechen konnte. Vespasiano, der Vater von Ulpiniano-dem-Sanften und Justin, dessen Beruf die Magie war, behauptete, sich verständlich mit dem Affen unterhalten zu können. Tatsächlich unterhielten die beiden sich die ganze Zeit, wenn Vespasiano mal nicht außer Haus und umsonst im Kino war. Vespasiano ging in jede Filmpremiere, schmuggelte sich aber immer hinein; ohne Eintritt zu bezahlen, ins Kino zu gehen, war für ihn eine Frage der Ehre – und der Etikette. Und er schaffte es relativ leicht. Er war ein stattlicher Mann, der sich auffallend und überwältigend vornehm kleidete: Gamaschen, dunkler Anzug, Weste, Blume im Knopfloch, Spazierstock und auf dem Kopf einen Homburg. Obwohl seine Bekleidung merkwürdig wirkte, erfüllte sie ihren Zweck und der war, gratis ins Kino zu gelangen. Seine Technik war einfach. Er kam feierlich herein; ohne an der Tür stehenzubleiben, grüßte er den Türsteher mit einem sonoren guten Tag und ging direkt in den Vorführraum weiter. In neunundneunzig Prozent der Fälle wagte der Türsteher nicht, nach der Eintrittskarte zu fragen. Vespasianos imponierender Erscheinung zu widerstehen, war unmöglich. Gelegentlich fragte ein zerstreuter (oder verrückter) Türsteher nach seiner Eintrittskarte. Vespasiano schmetterte ihn mit dem Satz ab: »Was soll das? Kennen Sie mich nicht?«, und dann gab selbst der strengste Türsteher nach.

Aber sein liebster Zeitvertreib waren Unterhaltungen mit dem Pinselohraffen. Vespasiano im Gespräch mit dem Affen zu sehen, war nichts Ungewöhnliches. Eines Tages wollte ich Ulpiniano-den-Sanften besuchen, doch weder er noch Vespasiano waren zu Hause. Justin übte *legère-de-main,* indem er eine Münze über seinen Handrücken gleiten ließ: Finger-Zwischenraum-Finger, immer hin und her; dann nahm er einen Tischtennisball, danach ein Kartenspiel. Das war für ihn Entspannung, dieses Fingertraining, bei dem die Hand schneller wurde als das Auge. Ich ging direkt ins Wohnzimmer, wo sich der Affe befand. Wir standen uns vis-à-vis, wir beide allein. Ich gab ihm eine Ohrfeige, so daß er von dem Tisch, auf dem er saß, herunterfiel. Ich ließ ihn auf dem Fußboden liegen und ging Justin und seine Fingertricks bewundern, bis Vespasiano kam, denn dann würde sich ja herausstellen, was an dieser Geschichte vom sprechenden Affen dran war.

Vespasiano rauschte herein und füllte das Haus mit Energie. Auf der Stelle fing der bis dahin schweigende Affe an zu kreischen. Vespasiano lief zu ihm.

»Ja, ja?«

»Quing-quing, quing-quing-qui.«

»Tatsächlich?«

»Quing-qui-qui-qui.«

»Übel! Gemein! Schändlich!«

Vespasiano hatte die Angewohnheit, in Adjektiven zu sprechen. Er hatte Rui Barbosa gelesen und sich davon nie mehr erholt.

»Ah.«

Dieses *»Ah!«* klang wie das Brüllen eines Löwen, er drehte sich um und kam auf mich zu. Ich erwartete ihn, starr vor Angst und von der Offenbarung wie gelähmt: Er konnte tatsächlich mit dem Affen sprechen! Sich mühsam beherrschend fragte er mich: »Warum hast du ihm diese Gemeinheit angetan? Ihm, der nie jemandem etwas zuleide getan hat, dem edelsten und wertvollsten Geschöpf unter allen Menschen und Tieren, die ich je gekannt habe? Eine Ohrfeige. Unangebracht, ungerecht, grausam, gemein und unverschämt. Rechtfertige dich.«

Ich entschuldigte mich bei dem Affen.

Ungefähr um diese Zeit flog Ulpiniano-der-Sanfte von der Schule. Man hatte ihn schon zeitweilig vom Unterricht ausgeschlossen, als er in einer Arbeit über Hygiene, statt die gestellten Fragen zu beantworten, ein paar Slogans wie »Trink mehr Milch«, »Schlafe bei offenem Fenster« (mit dem Zusatz: »Unterschrift: der Einbrecher«) sowie eine Abhandlung über die »Wechseljahre der Hühnervögel« geschrieben hatte. Als er von dem Direktor zur Rede gestellt wurde, erwiderte Ulpiniano-der-Sanfte, sein Aufsatz sei zwar unpassend, aber ein wissenschaftlicher Beitrag zur Geflügelzucht, und bat den Direktor, die Meinung von Dr. Karl Bisch einzuholen, des größten Spezialisten auf diesem Gebiet, der bestimmt die Wichtigkeit seiner Arbeit bescheinigen würde.

Dr. Karl Bisch wurde nicht um seine Meinung gebeten und Ulpiniano-der-Sanfte vom Unterricht ausgeschlossen. Es wäre auch sowieso schwierig gewesen, die Meinung des Dr. Karl Bisch einzuholen, und zwar einfach deshalb, weil er nicht existierte. Es handelte sich nämlich um eine der Personen, die Ulpiniano-der-Sanfte, Roberto, Mangonga und ich uns ausdachten, um unsere Lehrer auf den Arm zu nehmen. Wann immer möglich zitierten wir in den Arbeiten Autoren, die nicht existierten, und bauten dabei auf die traditionelle Unwissenheit der Lehrer. Natürlich gingen wir manchmal ein großes Risiko ein, wie damals, als ich in einer Literaturarbeit Sparafucile als »den bekannten italienischen Kritiker der Veda-Literatur« zitierte oder als Mangonga seinen eigenen Vater, der Epifânio Catolé hieß, als einen »bedeutenden Historiker aus Bahia« zitierte. Bei Mangonga sah der Fall ein bißchen anders aus als bei uns, denn er glaubte an seine Lügen, und deshalb behauptete er nach der Arbeit wiederholt, sein Vater genieße nur deshalb nicht die Anerkennung, die er verdiene, weil er gegen Publicity sei.

Mangonga sagte, er wohne in Copacabana. Damals war Copacabana noch nicht die Favela mit der größten Bevölkerungsdichte der Welt; damals lebten dort die eleganten und reichen Leute. Jeden Tag fuhren Mangonga und Najuba nach der Schule gemeinsam nach Copacabana, und Najuba, der in der Rua Miguel Lemos wohnte, stieg vor Mangonga aus, der in der Avenida Atlântica am Posto 6 wohnte. Das machte Mangonga vier Jahre lang, bis eines Tages sein Vater starb und wir zu ihm nach Hause zur Totenwache gingen. Mangonga war in der Rua da Cancela in São Cristóvão zu Hause, in einem alten Stadthaus mit einer knarrenden, wurmstichigen Treppe mit zerbrochenem Geländer, ohne Strand, ohne Meer und ohne Mädchen im Badeanzug. Es war ein Nachmittag mit erbärmlicher Sonne, so schrecklich heiß und drückend, daß selbst der Leichnam von Mangongas Vater schwitzte.

Von da ab fuhr Mangonga natürlich nicht mehr mit Najuba nach Hause. Der Tod des Vaters hatte zur Folge, daß er sich noch mehr für Fragen der Dämonologie interessierte. Roberto sagte immer, Mangonga sei »der einzige Mythomane, der einen Pakt mit dem Teufel hat«. Hauptsächlich beschäftigte er sich aber mit Lamien und Sukkuben, also weiblichen Dämonen, die den Schlaf der Menschen ausnutzen, um allerlei bösen Schabernack anzustellen.

Zurück zum Rausschmiß von Ulpiniano-dem-Sanften. Als ich eines Tages zur Schule kam, sah ich einen Haufen Schüler, der sich vor dem Schwarzen Brett drängte. Da muß ein sehr wichtiger Anschlag hängen, dachte ich. Und so war es auch. Auf einem großen Plakat stand in roten und blauen Buchstaben geschrieben:

PADRE JULIO MARIA & CO. GEBEN IHRER WERTEN KUNDSCHAFT IHRE NEUE PREISLISTE BEKANNT

1. *Kommunion*

Hostien, einfach	1,00
Hostien aus Keks-Teig	3,00
Hostien, mit Krabben gefüllt	8,00
Hostien, goldbelegt, mit Bildnis des Papstes (nicht zum Verzehr geeignet)	500,00

2. *Taufen*

mit einfachem Wasser	10,00
mit Mineralwasser Caxambu, salzhaltig	30,00
mit echtem Mineralwasser Vichy und importiertem Natriumchlorid	80,00

3. *Trauungen*

Einfach	30,00
mit Blumenschmuck und ein paar Kerzen	100,00
mit etwas mehr Blumen, Beleuchtung, Orgel und Amateursängerin	400,00
mit Rosen, Orgel, Teppich, Priester in neuer Kleidung, Beleuchtung und Berufssängerin	1000,00
mit holländischen Tulpen, üppiger Beleuchtung, rotem Teppich, Bischof in neuer Kleidung, Gesellschaftsphotoreporter, Orgel und himmlischem Berufschor (mit Gesang auf Tonband)	40000,00

4. *Letzte Ölung*

Seelen, sündenfrei, tagsüber	10,00
Seelen, sündenfrei, abends, bis 22 Uhr	20,00
Seelen, idem, nach 22 Uhr	80,00
Seelen, läßliche Sünden (Tag oder Nacht)	100,00
Seelen, Todsünden (Tag oder Nacht)	1000,00

5. *Segnungen*

Segnung von Heiligenfigur aus Holz oder Aluminium	6,00
Segnung von Heiligen aus Silber, Gold oder Edelstein	40,00
Segnung von Wohnungen bis zu 3 Wohnräumen, Badezimmer, Küche und Dienstmädchenbereich	95,00
Segnung von Wohnhaus mit Swimmingpool oder Billardzimmer	600,00

Wir haben die niedrigsten Preise am Platz. OHNE KONKURRENZ. Wir besorgen Ihnen Priester, die Ihren Festlichkeiten eine fromme Note verleihen. Heilige, päpstliche Bullen, Heiligenbilder, Hausaltäre, fromme Bücher, Originalspäne vom Heiligen Kreuz, ALLES, ALLES zu niedrigsten Preisen. Anfragen an

JULIO MARIA & CO.

Das also stand da. Der Direktor meinte, er sei wohl verrückt, und Ulpiniano-der-Sanfte flog von der Schule, ging nach Hause und starb, um, wie er sagte, am Ende des siebten Tages »ganz genau wie Jesus Christus« wiederaufzuerstehen. Jesus Christus hatte ihm schon immer gefallen. Er sagte oft mit einem Zitat von Fernando Pessoa, »Jesus Christus war besser, der verstand nichts von Finanzen, und so weit bekannt ist, hat er auch keine Bibliothek gehabt.«

Ich war bei ihm zu Hause, als er starb. Wir befanden uns im Wohnzimmer, und er sagte: »Jetzt sterbe ich, genau wie Jesus Christus.«

Er legte sich auf den Fußboden und, zack, war er tot. Er

wurde steif und hauchte seine Seele aus. Najuba und ich glaubten es erst nicht, und weil es ja ein Scherz war, machten wir auch unsere Scherze. Zuerst schrieben wir ihm Jesus Christus auf die Stirn und legten oder vielmehr Najuba, denn er war derjenige, der Pitigrilli las, legte Ulpiniano-dem-Sanften ein Schild auf die Brust, auf dem in riesigen Buchstaben YNRJ stand und dazu, in einer Klammer und kleiner geschrieben: *yo no regulo jamais* – ich ticke nicht mehr richtig. Dann stempelten wir ihm mit verschiedenen Stempeln, die wir im Haus fanden, auf die Arme und das Gesicht: »Genehmigt«, »Abgelegt«, »Persönlich«, »Vertraulich«, »Nicht übertragbar«.

Bald nachdem Ulpiniano-der-Sanfte nicht mehr da war, wurde die Schule langweilig. Roberto flog nicht mehr. Alle unsere Pläne gingen schief. Der Tag, an dem Mangonga unseren Ausflug ins Amüsierviertel organisierte, wurde zu einem kompletten Reinfall. Najuba gab schon in Mangue auf. »Geh vorher in die Kneipe und nimm das Gewicht ab«, sagte Mangonga. »Darum geht's gar nicht, ich hab' das Gewicht heute nicht dran, ich muß nur was Wichtiges erledigen«, erwiderte Najuba. Ich sagte: »Kann sein, daß es nicht wegen des Gewichts ist, aber dran hast du es bestimmt, denn du ohne Gewicht, das ist so wie Felix ohne Wäscheklammer«, was wiederum Felix nicht gern hörte, denn er sagte gleich darauf, er gehe auch nicht mit, denn er habe was Wichtiges zu tun. »Ja, stimmt, ich hab' das Gewicht dran«, sagte Najuba. »Dann nimm es ab, geh in die Kneipe zum Pinkeln und nimm es ab.« »Aber darum geht's nicht«, sagte Najuba, »ich will nicht mit.« Mangonga sagte: »Du hast Schiß, du Angsthase. Was hat dir das genützt, daß du dir jahrelang ein Band mit 'nem Bleigewicht an den Pimmel gebunden hast, he? Länger geworden ist er davon nicht, stimmt's? Ich hab' doch gesagt, daß er davon nicht länger wird.« »Ist er aber«, antwortete Najuba. Mangonga: »Wieviel? Wieviel? Einen halben Zentimeter? Einen Zentimeter? Nicht die Bohne ist er länger geworden!«

Übrig blieben nur Mangonga und ich. So allmählich wurde uns auch mulmig. »Und was, wenn wir uns eine Krankheit holen?« fragte ich. Ich dachte an Aspásia, eigentlich wollte ich das mit Aspásia machen. »Krankheit? Was für eine Krankheit?« fragte Mangonga. »Gonorrhoe, harter Schanker oder weicher oder so was.« Wir zitterten schon, wenn wir nur an die Geschichten von Leuten dachten, die eine Krümmung vom Tripper hatten. Wir landeten im Kino Primor, wo wir Busi-Bonbons lutschten und uns Serienfilme ansahen. Als wir rauskamen, kaufte ich im Eisenwarengeschäft eine riesige Wäscheklammer und schenkte sie Felix. Felix schlief jede Nacht mit einer Wäscheklammer auf der Nase, um sie schmaler zu machen. Er bedankte sich mit Tränen in den Augen, als er die starke Feder und die breiten Holzteile der Wäscheklammer betrachtete. »Ihr seid sehr häßlich zu Najuba gewesen«, sagte er. Er war der einzige, der Najuba verstand. »Findest du nicht, daß meine Nase schon schmaler ist?« fragte er mich.

Zweite Halbzeit

3. Ich liege noch immer im Bett, und dies alles hat meine Erinnerung bewirkt. Oder vielleicht nicht? Ich bin heute ein Mensch, der voller Zweifel steckt. Ich weiß wirklich nicht, ob ich die Türen geschlossen habe, und mit dieser Ungewißheit kann ich nicht einschlafen, ich habe sogar das Gefühl, etwas lastet auf meinem Herzen. Ich muß

schlafen. Mal sehen: An der Terrassentür habe ich, als ich den Riegel kontrollierte, mit der Zunge gegen die Lippen plock-plock gemacht. An der Vordertür habe ich nach der Zahl neun auf der Schloßzunge gesucht und die Nasenspitze auf den Griff gedrückt. Er war kalt. An der Hintertür habe ich beim Kontrollieren *Hattie, Henry and the Honorable Harold hold hands together in Hampstead Heath* gesagt, einerseits zur Gedächtnisstütze und andererseits, um das aspirierte H für mein Englisch zu üben. Aber trotzdem bin ich mir noch nicht sicher. Und das kommt daher, daß ich ununterbrochen darüber nachgedacht habe, ob diese Dinge alle wahr sind. So blödsinnige Sachen, aber ich weiß nicht, ob sie wahr sind. Sollten es Träume gewesen sein? Aber wer träumt, schläft. Der Mensch träumt, damit er schlafen kann. Es gibt keinen Schlaf ohne Traum. Wenn ich doch nur schlafen könnte! Werde ich womöglich – nein, nein. Ich habe schon immer wissen wollen, ob die Menschen – und die Tatsachen – wahr sind. Mich interessiert nicht zu wissen, ob die Menschen existieren oder existiert haben, ob die Tatsachen existieren oder existiert haben, sondern ob sie wahr sind oder nicht. Deshalb wollte ich viele Jahre später die Wahrheit in Erfahrung bringen. Ich stelle mit Genugtuung fest, daß ich trotz meiner Ängste nicht eine Sekunde lang nicht bei klarem Verstand bin; meine Suche war anstrengend und vielleicht auch vergeblich, aber trotzdem lasse ich mich nicht von der Verzweiflung übermannen und kann sogar ein kleines bißchen witzig sein.

Die Suche. Vorher aber: Sind die Türen geschlossen? Ich habe keine Angst, daß der Einbrecher mich in wachem Zustand überraschen könnte, denn dann wäre ich in jeder Hinsicht im Vorteil. Aber im Schlaf? Ach, Unsinn, meine Zweifel werden mich nicht schlafen lassen, ein Mann voller Zweifel schläft nie ein.

Wieviel Zeit war vergangen, als ich mit meiner Suche begann? Ich glaube, es war zwanzig Jahre danach, ich muß mal nachrechnen, ja, genau, zwanzig Jahre später, wie in Dumas' Roman. Wie? Jetzt komme ich schon durcheinander, nein, nicht richtig durcheinander, so was kommt mal vor. Scheiße, ich weiß überhaupt nichts mehr, am liebsten wäre ich in diesem Augenblick weit weg, auf dem Meer, in einem Boot mit einem riesigen weißen Segel.

Zwanzig Jahre lang habe ich die Typen nicht gesehen. Der Gedanke, daß ich sie wiedersehen müsse, ging mir nicht aus dem Kopf. Warum? Den Grund dafür wußte ich nicht genau. Es war eine Art Obsession, die mich Tag und Nacht beherrschte, und dennoch dauerte es viele Jahre, bis ich alles mit einem einfachen Anruf bei Roberto in Gang brachte, nachdem ich im Telephonbuch nachgeschlagen hatte.

»Wer?« fragte er am anderen Ende der Leitung.

Ich wiederholte meinen Namen. »Aus dem Gymnasium, erinnerst du dich nicht?« Ich sagte noch einmal meinen Namen.

»Ach! Ja. Ja. Wieviele Jahre ist ... Wie geht es dir?«

»Gut. Ich möchte dich sehen.«

»Ja, natürlich, demnächst mal.«

»Morgen? Wir könnten ja zusammen zu Mittag essen?«

»Morgen kann ich nicht. Ich glaube, ich kann nicht. Vielleicht muß ich nach São Paulo. Für zwei oder drei Tage.«

»Wie wär's mit Freitag?«

»Freitag? Ich weiß nicht. Das ist von hier zu Hause schwierig zu beantworten. Könntest du vielleicht bei mir im Büro anrufen und einen Termin mit meiner Sekretärin abmachen? Sie weiß Bescheid, wann ich Zeit habe. Geht das in Ordnung?«

Wir trafen uns vierzehn Tage später. Er war ein vielbeschäftigter Mann geworden. »Ich konnte eine halbe Stunde für Sie freimachen«, hatte die Sekretärin in einer Art gesagt, als habe sie mir einen großen Gefallen erwiesen.

Roberto hatte keine Ringe mehr unter den Augen. Seine Nase war noch immer sehr lang; er war dicker geworden und hatte viele graue Haare. Er hatte Falten im Gesicht und machte insgesamt den Eindruck eines Mannes, der ständig unter Streß steht.

Roberto: Kann ich irgend etwas für dich tun?

Ich: Wie? Nein. Ich wollte etwas mit dir schwatzen. Sehnsucht nach alten Zeiten.

Roberto *(blickt auf die Uhr):* Hm! Ja. Ja.

Ich: Erinnerst du dich noch an die alten Zeiten?

Roberto: Mich nimmt ganz die Gegenwart in Anspruch. Ich bin ein Manager, ich muß Entscheidungen treffen. Ich darf nicht an die Vergangenheit denken; mir bleibt kaum Zeit, an die Zukunft zu denken.

(Die Sekretärin kommt herein.)

Sekretärin: Dr. Roberto, ein Anruf aus São Paulo.

Roberto: Entschuldige. *(Er greift zum Telephon.)* Hallo? Ja. Ja. Nein. Ja. Ja. Nein. Nein, auf keinen Fall. Ja. Ja. Nein, unter gar keinen Umständen. *(Er legt auf.)* Idioten.

Ich: Erinnerst du dich an Ulpiniano-den-Sanften?

Roberto: Ulpiniano?

Ich: Ja, der Typ, der in Jackett und Krawatte mit uns Fußball spielte. Weißt du noch?

Roberto: Ich habe nie Fußball gespielt.

Ich: Du hast nie Fußball gespielt? Wie meinst du das? Hast du etwa nie bei unseren Keilereien mitgemacht?

Roberto: Nein. Ich habe nie Sport getrieben. Du mußt mich mit jemand anders verwechseln.

Ich: Ach ja, stimmt. Jetzt weiß ich wieder. Du

mochtest keinen Sport, du hast gern gelesen, eigentlich hast du immer nur gelesen.

(Die Sekretärin kommt herein.)

Sekretärin: Die Teilnehmerliste für die Besprechung um 11 Uhr 45.

(Sie legt ein Papier auf Robertos Schreibtisch.)

Ich: Ja, genau, du mochtest keinen Fußball.

Roberto: *(Liest das Papier.)* Richtig.

Ich: Ja, genau. Ulpiniano-der-Sanfte mochte auch keinen Fußball, er spielte nur mit, damit die erforderliche Spielerzahl zusammenkam. Er wollte niemandem den Spaß verderben. »Alle Menschen mit liebevollem Verständnis behandeln«, das war seine Devise, deshalb hatte er sich auch den Spitznamen »der Sanfte« zugelegt. Und er war wirklich sanft. Erinnerst du dich noch an ihn?

Roberto *(mit einem Blick auf die Uhr):* Ich weiß noch, daß er selten zum Friseur ging.

Ich: Erinnerst du dich noch an den Tag, an dem er starb?

Roberto: An dem er starb?

Ich: Gleich nach dieser Geschichte mit Padre Julio Maria & Co.

Roberto: Padre Julio Maria & Co.?

Ich: Und an deinen Flug?

Roberto: Meinen Flug?

Ich: Ja, an deinen Flug. Du bist geflogen. Zwanzig Zentimeter über dem Fußboden.

(Die Sekretärin kommt herein.)

Sekretärin: Es sind schon alle im Sitzungszimmer.

Roberto antwortet nicht. Die Sekretärin merkt, daß er sie nicht gehört hat und wiederholt ungeduldig: »Es sind schon alle im Sitzungszimmer.« Roberto steht auf. Er nickt mir wortlos zu und verläßt den Raum.

4. Woran mag es liegen, daß ich nie geheiratet habe?

Heiraten ist ein ganz normaler Vorgang, alle Welt heiratet, abgesehen natürlich von Homosexuellen, Frauen, die keinen Mann finden, Leuten, die ihre Bequemlichkeit lieben und Rebellen. Ich bin jedoch weder das eine noch das andere und habe trotzdem nicht geheiratet. Vielleicht, weil ich nie einer Frau begegnet bin, die mir gefiel oder besser gesagt, einer Frau, die mir gefiel und der ich gefiel. Richtig gefallen hat mir nur Aspásia, mit fünfzehn habe ich mich in sie verliebt, als ich damals Justin, dem Zauberer, assistiert habe. Nachdem ich meine Arbeit im Zirkus aufgegeben hatte, habe ich Aspásia nur noch einmal wiedergesehen, fünf Jahre später. In diesen fünf Jahren habe ich meine Kraft an keine Frau verschenkt, wie der Philosoph Alain sagte oder gesagt haben soll. Ich gab meine Arbeit als Zaubererassistent auf und beschloß, ein neues Leben anzufangen, nachdem ich Aspásia einen ersten Antrag gemacht und sie ihn abgelehnt hatte. Sie sagte: Komm wieder, wenn du groß bist; sie hat mich gedemütigt, mich ausgelacht – sie hatte einen Goldzahn, wie ich an jenem Tag feststellte. So einen Körper wie ihren habe ich nie wieder gesehen, weder im Zirkus noch am Strand, weder beim Opernball noch im Kino, auch in keiner Photozeitschrift. Er hatte überall dieselbe Hautfarbe. Unter den Armen, am Hals, auf dem Bauch, an den Knien, überall dieselbe Farbe von alten Dachziegeln. Das Fleisch saß fest auf den Knochen, schiere Muskeln, die sich aber nicht abzeichneten; das Gesäß und der Teil der Oberschenkel unterhalb des Gesäßes waren fest. Das ist die Stelle, wo man sich den Körper einer Frau ansehen muß, keine andere Stelle verrät mehr über die Festigkeit und den zukünftigen Zustand des Körpers, darüber, wie er ist und sein wird, über seine Form und sein Gewebe, wenn die Frau älter wird.

5. Felix empfing mich mit einem Glas in der Hand mit offenen Armen, lächelnd und gönnerhaft. Hauptsächlich lächelnd.

»Trinkst du einen Whisky?« fragte er. »Einen echten? Wie gefällt dir der Gobelin?« Er war ein glücklicher Mann, von der Selbstzufriedenheit jener, die sich nicht schämen, selbst gegenüber Menschen in Not ihre Zufriedenheit auf aggressive Weise zu demonstrieren.

Er mußte unbedingt seine Frau dazuholen; unterdessen sah ich mir das Wohnzimmer an: Regale an den Wänden, gebundene Bücher, symmetrisch aufgestellte farbige Reihen, gesammelte Werke.

Seine Frau war von einem blassen Blond und hatte auf der Stirn einen mit Kosmetika abgedeckten Pickel. Auch die Kinder waren blond, allerdings von einem eher dunklen, verdächtigen Blond.

Sie zeigten sich und verschwanden wieder.

»Der Spiegel da ist über zweihundert Jahre alt.«

»Er sieht aus wie ein echter Jean Baptiste Poquelin. Stimmt das?«

»Ich weiß nicht. Doch, ich glaube, ja. Jetzt fällt mir ein, daß mein Schwiegervater das gesagt hat.«

Aber ich hatte überhaupt keinen Spaß daran. So etwas hätte ich zu Ulpiniano-dem-Sanften sagen müssen, und unabhängig davon, ob er darauf hereingefallen wäre oder nicht, hätte ich mich amüsiert. Aber Mitleid empfand ich auch nicht.

Felix erzählte mir, er habe ein ausgefülltes Leben: die Professoren Sowieso und Sowieso gaben ihm Privatunterricht in Ökonomie, Soziologie, Kunstgeschichte und Philosophie.

»Ein Mann in meiner Position muß sich ständig weiterbilden, seinen Verstand schärfen, mit der Zeit gehen.«

Dieser Kretin. Ein breites Grinsen auf dem Gesicht. Er war dick und schwitzte.

»Und du, wie geht's dir?« fragte er, mich von oben bis unten musternd. Dann: »Ich gebe dir einen guten Rat: Der Kragen von deinem Hemd steht zu weit offen, das trägt man nicht mehr. Der Hemdkragen befindet sich direkt im Blickfeld deines Gesprächspartners, er sieht zuerst deine Zähne und gleich als nächstes den Kragen. Und der muß tadellos sein.«

»Und die Nase?«

»Die Nase?«

»Ja, die Nase. Sieht der Gesprächspartner genauso auf die Nase seines Gegenübers wie auf dessen Zähne und Kragen?«

Er überlegte kurz.

»Nein, weniger.«

»À propos Nase, benutzt du noch immer deine Wäscheklammer?«

»Welche Wäscheklammer?«

»Die Wäscheklammer, die du dir jeden Abend beim Schlafengehen auf die Nase geklemmt hast. Ich habe dich nie danach gefragt, aber ich glaube, du hast sie benutzt, damit deine Nase schmaler wird. War das der Grund oder steckte irgendein Aberglaube dahinter?«

»Ich weiß nicht, wovon du redest.«

»Hör mal, Felix, ich selbst habe dir einmal eine Klammer geschenkt, die war so breit und kräftig, daß du vor Rührung geweint hast. Das war an dem Tag, an dem wir mit Mangonga und Najuba ins Amüsierviertel gegangen sind.«

»Du bist ja verrückt. Wozu hätte ich denn eine Wäscheklammer auf der Nase tragen sollen?« Er versuchte, schallend zu lachen.

»Damit sie schmaler wird.«

Daraufhin stockte die Unterhaltung. Er war verärgert. Ich wollte keinen Streit mit ihm. Es gab so vieles, was ich fragen wollte.

»Habe ich dich gekränkt, Felix?« Das war ein Anlauf, mich zu entschuldigen. Aber er begriff nicht.

»Nichts stört mich bei anderen so sehr wie ungehobeltes Benehmen.«

»Ja, wirklich.«

»Zu manchen Leuten kann man, darf man einfach kein engeres Verhältnis haben.«

»Wie meinst du das?«

»Kultivierte Menschen müssen auch kultivierte Freunde haben.«

»Ja, richtig.«

Aber sein Zorn legte sich nicht.

»Mein Vater hat immer gesagt: Man darf nicht jeden zu sich nach Hause einladen.«

Dieser Kretin. Seine Lippen waren jetzt dicker, insgesamt war er mehr Mulatte geworden, sein Haar fein gekraust, die Nasenflügel wie zwei schrumpelige Haselnüsse, sein Zahnfleisch lilarot.

Ich setzte zu einem neuen Versuch an: »Erinnerst du dich noch an den Tag damals?«

»Ich erinnere mich an gar nichts mehr. Ich glaube, es ist besser, du gehst.«

»Wie bitte? Willst du mich rauswerfen?«

Er stand auf.

»Du Schwachkopf«, sagte ich, »nur weil du eine gute Partie gemacht, eine Blondine geheiratet, vom Schwiegervater einen Gobelin geerbt hast und bei irgendeinem Scheißprofessor Philosophieunterricht nimmst, glaubst du Schwachkopf, du wärst was Besonderes. Du Rindvieh. Wo bin ich denn hier, daß ich dir nicht in die Visage schlage.«

»Du befindest dich in meinem Haus«, stotterte er mit gespielter Sicherheit.

Ich ging zur Haustür. Im Flur sah ich einen Jungen stehen, der erschrocken zu uns beiden hinüberblickte. In dem Augenblick achtete ich nicht darauf. Aber zu Hause dachte ich eine Weile an diesen Jungen, der mitangesehen hatte, wie sein Vater gedemütigt wurde.

6. Ich habe gesagt, daß nur Aspásia mir gefallen hat, aber das stimmt nicht; wenn ich an Aspásia denke, meine ich, daß nur sie mir gefallen hat, aber wenn ich an die andere denke, weiß ich, daß es nicht stimmt. Es hat noch ein Mädchen gegeben; ich verliebte mich in sie, noch ehe ich das Weiße ihrer Augen gesehen hatte. Ich war weit weg und sah zu ihr hinüber, während sie aus ihrem Fenster auf irgend etwas schaute, wahrscheinlich auf das Meer. Von dort, wo ich mich befand, konnte ich ihren Balkon, ihr Wohnzimmer und ihr Schlafzimmer sehen. Zweimal pro Woche kam er sie besuchen. An diesen Tagen schminkte sie sich etwas, setzte sich ins Eßzimmer und wartete; er erschien immer überraschend, manchmal gleich nach Einbruch der Dunkelheit, manchmal auch erst sehr spät, wenn ich das Warten schon leid war. Er steckte den Schlüssel in die Tür, betrat das Wohnzimmer, gab ihr weder einen Kuß noch begrüßte er sie, zog die Jacke aus, hängte sie über die Stuhllehne und ging ins Schlafzimmer.

Am nächsten Tag dauerte es immer sehr lange, bis sie auf den Balkon kam; wenn sie auftauchte, konzentrierte ich mich und sagte leise, schau hierher, mein Liebling, schau hierher, und starrte ohne zu blinzeln zu ihr hinüber, bis mir die Augen brannten. Sie sah mich nie, blickte nicht einmal in meine Richtung. Ich kaufte einen Papagei und setzte ihn auf meinen Balkon, damit sie vielleicht zu mir hinübersah; aber der Papagei gab keinen Laut von sich, und sie blickte weiter auf das Meer. Ich kaufte mir ein Horn; als sie erschien, blies ich mit aller Kraft in das Horn. Es kam kein einziger Ton heraus. Ich blies und blies, bis mir schwindlig wurde. Ich hatte nicht genug Kraft, seit zwei Tagen hatte ich nichts gegessen. Also verzehrte ich zwei Zuckereier, ein Stangenbrot mit Butter, eine Dose Würstchen, sechs Bananen, ging mit dem Horn auf den Balkon zurück und blies hinein; ich blies, ohne auch nur einen Ton zustandezubringen, bis mir schlecht wurde und ich alles erbrach. Auf dem Bett liegend, im Mund noch den säuerlichen Geschmack von Erbrochenem, überlegte ich: Wahrscheinlich ist sie blind, deshalb sieht sie mich nicht; ich muß einfach zu ihr hingehen und mit ihr sprechen. Ich rannte aus meiner Wohnung und in ihrem Haus direkt nach oben, ohne auch nur eine Sekunde zu schwanken. Ich klingelte. Sie öffnete die Tür. Keuchend, denn ich war die Treppen hinaufgelaufen, redete ich sofort drauflos: »Ich weiß, daß du blind bist, ich sehe dich immer da von dem Haus in der Rua Buarque de Macedo, ich wollte dir sagen, daß ich dein Freund bin«, da unterbrach sie mich: »Ich bin überhaupt nicht blind, wie bist du nur auf diese idiotische Idee gekommen, bist du verrückt? Ich kenne dich nicht, weder von vorn noch von hinten.« Ich dachte, ich müßte sterben; ich stützte mich an der Wand ab, um nicht umzufallen und schloß die Augen. »Wie heißt du?« fragte sie. Ich sagte meinen Namen. »So«, sagte sie, »und jetzt erzähl mal die ganze Geschichte schön der Reihe nach.« Da erzählte ich ihr alles im Stehen im Flur. »Ich habe dich immer auf dem Balkon gesehen und mich in dich verliebt.« »Deswegen brauchst du doch nicht rot zu werden«, sagte sie lächelnd, »was hast du dann mit dem Horn gemacht?« »Das habe ich zu Hause.« »Komm«, sagte sie, »zeig mir deine Wohnung.« Sie ging hinein, ich hinter ihr her, bis auf den Balkon, von wo aus ich ihr meine Wohnung zeigte. Wir blieben auf dem Balkon stehen, ich schwieg, sie lachte leise.

Von da ab flirteten wir aus der Entfernung, bis sie mich eines Tages zu sich rief: »Hör zu«, sagte sie, »wir setzen uns ab, noch heute, so schnell wie möglich, jetzt gleich, komm; ich weiß, du hast kein Geld, aber ich, wir fahren irgendwohin weit weg von Rio, in eine große Stadt, wo uns keiner mehr findet, aber jetzt komm, weg von hier, wir dürfen keine Sekunde mehr verlieren.«

Im Dunkeln im Überlandbus dachte ich an alles, was mir der Drittbestederwelt gesagt hatte, dieser Idiot. Nach ich weiß nicht wievielen Tagen hatte ich das Haus verlassen und war zum Fitness-Center gegangen. Da war der Drittbestederwelt. Inzwischen trieb er keinen Sport mehr, erzählte nur noch großspurig von den Zeiten, als er an Meisterschaftskämpfen teilnahm, und als er mich sah, sagte er sofort: Du siehst mager und gelb aus, Junge, du mußt deinen Körper durcharbeiten, trainieren, nichts als trainieren; stimmt, ich werde alt, manche sagen, ich bin am Ende, aber ich weiß Bescheid, dir geht's schlecht, du bist in eine Frau verknallt, sei vorsichtig, das kann genau so dein Ruin werden wie für meinen Bruder, der war Blumenhändler, und eines Tages, als er so alt war wie du, hat er sich vor der Haustür von dieser Frau, die verheiratet war und in Petrópolis wohnte, eine Kugel in die Brust gejagt. Sei still, streite es nicht ab, ich sehe es deinem Gesicht an, genau wie mein Bruder, glaubst du vielleicht, ich wäre so ohne weiteres Meister geworden? Ich habe Yoga gelernt, ich bin Spiritualist und auch Sozialist (aber das in politischen Fragen). Ich kann in den Gesichtern der Menschen lesen, ja, das kann ich! Du bist verknallt, aber merk dir, was ich dir sage, kein Weibsstück dieser Welt ist es wert, daß man ihretwegen nicht schlafen kann, sich demütigt, sich eine Kugel in die Brust schießt; ein Mann braucht im Leben nur eins: Proteine, Proteine! Das alles sagte er mir, der Drittbestederwelt, und riß dazu die Augen auf, biß die Zähne zusammen, schlug sich mit der Faust auf die Hand und klatschte die Hand auf seinen riesigen Bauch. Wie heißt sie, fragte er. Ich: Francisca. Er: f, eins, r, zwei, a, drei, n, vier, c, fünf, i, sechs, s, sieben, c, acht, a, neun – neun Buchstaben! Lauf weg von dieser Frau, das gibt garantiert ein Unglück.

Oben vom Fenster kam ein schmaler Lichtstrahl und beleuchtete Franciscas Hände, ihren Ring, ihr Gesicht, während der Bus die dunkle Landstraße entlangfuhr. Sie war die schönste Frau, die ich je gesehen hatte. Wir kamen zum Hotel. Im Zimmer setzte sie sich auf das Bett und fragte: »Bist du jetzt nicht glücklich?« Ich sagte, ich wollte mein Leben lang mit ihr in diesem Zimmer eingesperrt bleiben. »Wir bleiben hier drin, so lange du willst«, antwortete sie. Tief von uns selbst überzeugt, gingen wir ins Bett.

Eine ganze Woche verbrachten wir in diesem Zimmer, und die einzigen Menschen, die wir sahen, waren der Kellner, der das Essen brachte, und das Zimmermädchen; wir duschten zusammen, ich gab ihr hübsche Namen, neue Namen, die ich mir ausdachte, und auch häßliche, Schimpfwörter. Wir wälzten uns auf dem Bett und bissen uns. Wir wälzten uns auf dem Fußboden. Eines Tages packte sie ihre Reisetasche und ging, und keiner von uns sagte ein Wort.

7. Ich bestehe nur aus Niederlagen.

Meine Suche ging mit Mangonga weiter. Der allerdings freute sich wirklich, als er mich wiedersah. »Jetzt habe ich eine Verabredung, mein Lieber«, sagte er, »aber wir müssen uns ausführlich unterhalten. Komm heute abend zu mir nach Hause. Um 9 Uhr, nicht vergessen«, und er gab mir eine Anschrift.

Um 9 Uhr war ich zur Stelle. Mangonga machte mir auf,

in Unterhosen. Es gab eine Party. »Diese Hitze ist nicht auszuhalten«, sagte er. Die anderen, sechs Frauen und fünf Männer, schienen ebenfalls unter der Hitze zu leiden, denn sie waren alle leicht bekleidet. Eine Frau tanzte zu einer Macumba-Musik vom Plattenspieler. Mein Erscheinen wurde mit allgemeiner Freude begrüßt, und sogleich nahm mich eine Frau beim Arm und sagte: »Ich heiße Izete und bin deine Partnerin. Mein Vater war Japaner und meine Mutter vom Amazonas, und ich habe die Seele einer Geisha.«

»Mangonga«, sagte ich, »ich muß mit dir sprechen.«

Er drückte mir ein Glas in die Hand. »Wir werden eine Menge reden, alter Junge, aber nicht jetzt, jetzt bin ich beschäftigt, wie du siehst.« Und er begann, ein Weibsbild zu küssen, das schwarze Hosen und Büstenhalter trug und Ohrringe, die so lang waren, daß sie an ihre Schultern stießen.

Die Geisha fing an, mich auszuziehen. »Mangonga!« rief ich, aber er war verschwunden. Außer der Geisha schenkte mir niemand Beachtung. Leute lachten; der Plattenspieler lief auf voller Lautstärke.

Kurz darauf hatte ich bereits drei Gläser von dem Zeug getrunken, das die Geisha mir servierte, und war mein Hemd und meine Schuhe los.

»Was ist denn mit dir?« fragte die Geisha.

»Ich muß mit Mangonga reden.«

»Du hat später noch genug Zeit, mit ihm zu reden. Jetzt werd erst mal etwas fröhlicher. Was ist los? Wie ein Schwuler siehst du nicht aus, bist du womöglich ein Schlappschwanz?«

Ich erklärte ihr, das sei ich nicht, ich müsse mit Mangonga sprechen, und außerdem sei ich nicht daran gewöhnt, solche Sachen in Gesellschaft zu machen.

»Willst du damit etwa sagen, du hast noch nie 'ne Orgie mitgemacht?«

»Nein, noch nie. Diese vielen Leute auf einmal, das macht mich sozusagen ...«

»Wir können auch unter uns in einem Zimmer sein. Hier gibt es jede Menge Zimmer.«

»Aber ich muß mit Mangonga sprechen.«

»Das kannst du nachher. Ist denn das die Möglichkeit!«

»Entschuldige.«

»Entschuldigen sollst du dich gar nicht. Hör zu, mein Schatz, mit Mangonga kannst du nachher reden. Ach, übrigens: wer ist eigentlich Mangonga?«

Ehe ich antworten konnte, kam ein Mensch dazu und fragte: »Na, amüsierst du dich?« Mit einem Glas in der Hand tanzte er zur Musik vom Plattenspieler. »Mehr oder weniger«, antwortete ich. Er wackelte mit der Hüfte: »Heute tanze ich auch zur Nationalhymne. Wollen wir die Frauen tauschen?« Er zog eine Blondine heran, die in der Nähe stand. »Eine Blonde gegen eine Brünette. Abwechslung, immer mal was Neues, das ist meine Lebensphilosophie.« Ich sagte zu der Geisha: »Dieser Mensch will, daß ich dich gegen die Blonde eintausche.« »Jetzt schon? Aber wir haben doch noch gar nichts gemacht.« »Das werden wir auch nicht.« »Mein Herr«, sagte die Geisha zu dem tanzenden Menschen, »der Tausch ist perfekt.«

»Ich muß mit Mangonga sprechen«, sagte ich zu der Blondine, sobald wir allein waren.

»Wer ist Mangonga? Ich gehe nie wieder zu einer Orgie. Das ist ja grauenhaft.«

»Das finde ich auch.«

»Warum bist du dann hergekommen?«

»Ich muß mit Mangonga sprechen. Und du, warum bist du hergekommen?«

»Wer ist denn Mangonga?«

Mangonga war verschwunden.

»Hallo«, sagte ich zu einem Menschen mit randloser Brille.

»Hallo«, antwortete er, »ich krieg' jetzt schon einen Kater, viel zu früh.«

»Wo ist Mangonga?« fragte ich.

»Welcher Mangonga?« fragte er zurück.

»Mangonga, der Gastgeber«, erklärte ich.

»Der Gastgeber heißt nicht Mangonga.«

»Wieso heißt der nicht Mangonga? Er hat mich eingeladen, mir die Tür aufgemacht, einer mit dickem Bauch.«

»Mit dickem Bauch? Hier haben fast alle einen dicken Bauch, selbst die Frauen.«

»Mangonga, der Gastgeber«, beharrte ich.

»Der Gastgeber ist der da drüben. Der hat's mit der Nationalhymne. Wenn er die Nationalhymne hört, wird er erregt, er kann mit keiner Frau ins Bett gehen, ohne die Nationalhymne zu hören. Ein eigenartiger Mensch.«

»Der ist der Gastgeber?«

»Ja, natürlich.«

»Und Mangonga? Der mit dem dicken Bauch.«

»Ich habe auch einen dicken Bauch.«

»Aber seiner ist dicker.«

»Das bezweifele ich«, sagte er und stand auf; sein Bauch war ungeheuerlich dick, er fiel ihm über die Beine.

»Sie haben recht. Ihrer ist dicker. Wo ist er bloß?«

»Wer?«

»Mangonga.«

»Kenne ich nicht.«

Ich durchsuchte sämtliche Zimmer. Keine Spur von Mangonga. Ich ging zu dem Menschen, der die Nationalhymne hörte. Ich schüttelte ihn. »He, he!« Er schlug die Augen auf: »Was ist, Kamerad?«

»Kennen Sie Mangonga?«

»Welchen Mangonga?«

»Ein Typ, der hier auf der Party war. Er hat mich eingeladen.«

»Ich weiß nicht, wer das ist«, sagte er und kratzte sich an der Nase.

»Vielleicht kennen Sie ihn unter einem anderen Namen. Sind Sie der Gastgeber?«

»Ja.«

»Das ist der, der mir die Tür aufgemacht hat.«

»Ich war nicht dabei.«

»Wie heißen die Männer, die Sie eingeladen haben? Zählen Sie sie auf, dann krieg' ich raus, wer Mangonga ist.«

»Ich habe keinen eingeladen. Diese Nutten, die haben eingeladen. Fragen Sie lieber die.«

Ich sprach mit den fünf Frauen, die sich im Wohnzimmer befanden. Keine kannte Mangonga. Es war, als existiere er nicht.

Ich war ziemlich beschwipst. Beschwipst sein ist schön. Da möchte man am liebsten die Augen zumachen und tief durchatmen. Schade, daß es auf der Party so drunter und drüber ging. Der Gastgeber sang die Nationalhymne und tanzte dazu vollkommen nackt. Was für eine Hitze. Dieser verdammte Mangonga war weggegangen. Ich ging zu dem Kerl, der jetzt die Geisha hatte und sagte: »Ich will die Geisha zurückhaben, sonst lasse ich die Party hochgehn.« »Eigentlich müßte ich glücklich sein«, sagte ich zu der Geisha, denn ich hatte genug getrunken. Aber ich war es nicht. Der Mensch ist ein einsames Geschöpf, ein unglückliches Geschöpf, nur der Tod kann uns Heil bringen. Der Tod wird mir Ruhe bringen, Mangonga, wo ist die Zeit, als wir kleine Jungen waren? Schön war sie, voller Zauber, wir flogen, wir konnten auferstehen wie Jesus Christus und hatten auch keine Bibliothek und keine Encyclopaedia Britannica, das Leben ohne Komplikationen, ohne Religion, ach, wie gern würde ich weinen, meine liebe gute Lusitanin mit Schlitzaugen, laß mich an deiner Schulter weinen, in Gottes Namen, so, in Gottes Namen, sei nicht entsetzt, wehr mich nicht ab, solange ich an deiner Brust weine, danke, wie gut das tut, laß mich schluchzen wie ein Kind, welch ein Frieden, meine Freundin, dieses Vergessen, du bist gut, ich liebe dich, wie gern würde ich jetzt sterben, jetzt, wo ich glücklich bin, jetzt sterben, da ich gefunden habe, was – aber das stimmt nicht, nein, was nützt es, so zu tun als ob, ich hasse die Menschen, der Schmerz besteht aus kleinen Linderungen, der Mensch ist verderbt, Pascal, Kloake des Universums, eine Schimäre, es nützt nichts, so zu tun als ob, morgen ist immer noch alles genau so, wir gehen aufrecht durch die Straßen, die Bitterkeit verzehrt uns, was nützen die kleinen Linderungen? Unselige Instinkte, sorgsam bereiten wir unser Verderben vor, die Eingeweide sind verborgen und Gott existiert nicht. Welch (grauenhafter) Auftrag, welch ein Schicksal.

8. Die Geisha war einen Meter fünfundfünfzig groß. Sie lächelte wie eine Bali-Prinzessin; ihre Augenbrauen waren zwei gerade Striche, die zu den Schläfen hin anstiegen; ihr Haar war sehr dünn, so wie bei Männern, die frühzeitig eine Glatze bekommen. Sie hieß Izete; ihr Lieblingsmusikstück hieß »La vie en rose«. Ihr Körper war beige, in zwei Schattierungen, auf dem Bauch, dem Gesäß und den Brüsten etwas heller. Am liebsten trug sie Grün. Sie war unwahrscheinlich nett. Immer wieder fragte sie: »Gehe ich dir auf die Nerven?«, und ich konnte sicher sein, daß sie, wenn ich ja antwortete, auf der Stelle verschwinden würde. Deshalb antwortete ich immer nein; was man dirigieren kann, kann einem nicht auf die Nerven gehen. Sommersprossen auf der Nase, schräge Augen; sie machte alles, sofern man es von ihr verlangte, aber sie war kein

Roboter, ein warmer Mensch, weiche Haut, wohlklingendes Lachen, anstellig. Sie erkältete sich nie, hatte keine Geschlechtskrankheiten und nichts für Politik übrig. Ihre Devise hieß dienen. Sie würde in Frieden alt werden, als Frau, die die Männer und die Welt liebte, reich, obwohl sie keinen Groschen besaß, schön, obwohl sie häßlich war, rein, obwohl sie eine Hure war. Sie hätte nie einen anderen angeschrien, auch nie ein Kind geschlagen, nicht einmal ihr eigenes. Geld war für sie zum Kauf von Schallplatten da. »Und wenn du einmal kein Geld hast, um Platten zu kaufen?« »Ja, und? Meine erste Platte habe ich mir mit zwanzig gekauft, dann höre ich eben Radio.« Still wie eine Katze. Manchmal wollte sie reden, aber nicht mal das brauchte sie – »Sei still, ich will nachdenken.« Es war schön, nachzudenken, wenn sie daneben saß und zufrieden war.

9. Alles ist genau so in der Erinnerung, wie es sich abgespielt hat. Roberto unzugänglich. Mangonga verschwunden (wie soll ich ihm noch einmal zufällig auf der Straße begegnen?). Felix mein Feind. Nur Najuba und Ulpiniano-der-Sanfte fehlten noch. Ich bekam Angst, nach ihnen zu suchen. Ich stand unter einem bösen Stern, es gibt den bösen Stern, auch den bösen Blick. Manchmal ist es etwas, was man bei sich im Haus hat, wie die Vase bei meinem Arzt zu Hause. »Was ich Ihnen jetzt erzähle«, sagte er eines Tages zu mir, »wenn Sie das jemand anders erzählen, dann leugne ich es, ich schwöre, daß es gelogen ist, daß Sie verrückt sind. Die Sache war so.« Alles ging bei ihm schief. Sein Haus brannte ab, seine Frau verließ ihn, er bekam Rheuma, so daß er am Stock gehen mußte, er zerstritt sich mit seinem Praxiskollegen, es kamen keine neuen Patienten. Eines Tages wurde er zu einem Hausbesuch gerufen. Es ging um eine Frau, die 35 Kilo wog, an

einer mysteriösen Krankheit litt und die schlimmsten Schicksalsschläge erlebt hatte: der Sohn bei einem Verkehrsunfall umgekommen, der Mann Quartalsäufer, weiß der Teufel was noch. In ihrer Wohnung hatte man das Gefühl, im nächsten Augenblick werde irgend etwas Schlimmes geschehen. Ein fatales Gefühl. Im Wohnzimmer stand auf einem Edelholztisch eine Vase mit einem Relief eines Vogels, der zum Boden schaute. Als er den Vogel erblickte, überlief es ihn kalt, er zitterte. Er besaß genau so einen. Als er wieder zu Hause war, nahm er die Vase und warf sie ins Meer. »Am nächsten Tag war das Meer aufgewühlt, und mehrere Leute aus den Vororten ertranken, es war ein Sonntag im Sommer.« Danach veränderte sich sein Leben. »Sie brauchen sich nur mein Haus und mein Auto draußen vor der Tür anzusehen, dann wissen Sie Bescheid.«

Von da ab suchte ich in meiner Wohnung nach dem Gegenstand, der mir Pech brachte. War es ein Buch, ein Bild, ein Ziergegenstand? Schließlich stieß ich auf einen alten florentinischen Dolch, zum Töten gemacht, seit wievielen Jahren daran gehindert, seine Funktion zu erfüllen? Erst mußte ich ihn loswerden, dann konnte ich nach Ulpiniano-dem-Sanften und Najuba suchen. Ich warf ihn ebenfalls ins Meer. Es gab kein aufgewühltes Meer, aber mehrere Leute aus den Vororten ertranken. Das las ich in der Zeitung. Es war Sommer und ein Sonntag. Danach meinte ich, ich könne nach Ulpiniano-dem-Sanften und Najuba suchen. Aber ich hatte nicht das erhoffte Glück. Die Anschrift von Ulpiniano-dem-Sanften fand ich relativ leicht heraus, aber er war tot.

Vor mir stand seine Frau. Eine Physiognomie ohne jedes charakteristische Merkmal; und wenn ich noch so angestrengt nachdenke, ich weiß nicht mehr, wie sie aussah. »Wann ist er gestorben?« fragte ich. »Vor einem Monat.«

So knapp hatte ich ihn verpaßt, um einen Monat. »Er ist wirklich tot, beerdigt?« Ich konnte es nicht glauben. »Ja. Kein einziger Freund war da. Das weiß ich.« »Und Vespasiano?« »Ist auch tot.« Wie die Menschen sterben. »Und Justin?« Der Zauberer. »Den konnte ich nicht ausfindig machen, er ist erst nach der Beerdigung gekommen.« Und jetzt, wie sollte das jetzt werden? »Hat er Ihnen nie von mir erzählt?« »Nein.« Das konnte nicht sein. »Das kann nicht sein.« »Ich kann mich nicht erinnern, daß er von Ihnen erzählt hat.« Das konnte nicht sein. »Hat er davon erzählt, als er gestorben und wiederauferstanden ist?« »Gestorben und wiederauferstanden? Ulpiniano?« Der Sanfte. »Ja, er.« »Nein, nie. Aber – er ist gestorben und wiederauferstanden? Wie das?« Mein Gott. »Nein, nicht richtig gestorben, eine Katalepsie war das, wissen Sie, was das ist?« »Nein.« »Er hat Ihnen nie von mir erzählt?« »Nein.« »Auch nicht von Roberto, Najuba, Mangonga?« »Nein.« Mein Gott, er hatte nie geredet. »Hat er denn nie geredet?« »Doch, geredet hat er, der Kommunismus war meine Rettung, hat er immer gesagt. Er hat immer zu Hause im Bett gelegen und Bücher gelesen, davon ist er nervös geworden und hat Haß auf die Leute und den Nachbarn gekriegt. Als der Nachbar sich ein neues Auto gekauft hat, hat er gesagt, dieser Ganove beutet bestimmt jemand aus, keiner wird reich, ohne anderen was wegzunehmen, wenn einer zu Geld kommt, müssen andere dafür zahlen. Als ich zu ihm gesagt habe, daß der Nachbar wie ein Pferd arbeitet, jeden Morgen um sechs aus dem Haus geht und abends um acht zurückkommt und deshalb Geld verdient, hat er mich beschimpft, und es hat Streit gegeben, ich hab' ihm ins Gesicht geschrien, daß er ein Faulenzer ist und nicht arbeitet, von dem lebt, was ich verdiene, den ganzen Tag nur über die Menschen herzieht, und er hat mich als Faschistin und entfremdet beschimpft, mich geschlagen, mich angeschrien, daß der Kommunismus seine Rettung gewesen wäre, aus dem Fenster hat er geschrien, damit der Nachbar ihn hörte, daß der Kommunismus seine Rettung gewesen wäre. Er ist von Tag zu Tag komischer geworden, hat nicht mehr gemalt, keine Gedichte mehr gemacht, nicht mehr geschrieben, sich nur einmal in der Woche rasiert, wollte von mir als Frau nichts mehr wissen. Sie wissen ja nicht, was ich durchgemacht habe. Aber ich hatte ihn gern, er hatte gewellte Haare, später sind sie weiß geworden, aber sie waren gewellt und weich.« »Er darf nicht tot sein, Senhora, bitte weinen Sie nicht, ich brauchte ihn, jetzt bleibt mir nur noch Najuba. Es kann nicht sein, daß er Ihnen nie etwas von der Zeit im Gymnasium erzählt hat, antworten Sie doch!«

10. Größer hätte meine Überraschung nicht sein können. Deshalb war es so schwierig gewesen, Najuba ausfindig zu machen. Er hatte einen neuen Namen angenommen und lebte fern von aller Welt. Sein Kopf war kahlgeschoren.

Ich mußte eine steile Straße hinaufgehen, um zu ihm zu gelangen. Erschöpft kam ich oben an; ich war nicht mehr der alte, ich schnappte nach Luft, mein Herz klopfte. Er zeigte keine Verwunderung über meinen Besuch. Er sah noch genau so aus wie als Junge vor zwanzig Jahren. (Vielleicht war er etwas dünner.)

Beim Sprechen gestikulierte er nicht so wie früher; er hielt die Hände gefaltet, seine Stimme war feierlich. Er wirkte wie ein Künstler mit sorgfältig ausgebildetem Talent.

»Ich spüre, daß du mich brauchst«, sagte er. Ich antwortete ja, ich brauche ihn. »Ich bin darauf gekommen, daß die Jugend eine Illusion ist, das hat doch weder Sinn noch Verstand, findest du nicht?«

Bruder Euzébio (so nannte Najuba sich jetzt) antwortete: »Die einzige Realität ist unsere Phantasie.«

»Berkeley. Er war Bischof.«

»Anglikaner.«

»Existiert Gott wirklich oder nur in unserer Phantasie?«

»Menschen ohne Phantasie gelangen nicht zu Gott. Gott existiert.«

»Ich weiß nicht. Jetzt, hier in dieser Stille, in diesem alten Kloster, ich weiß nicht. Aber in anderer Umgebung, da *weiß* ich, daß er nicht existiert.«

Wir setzten uns in einem Innenhof unter einen Baum. Der Wind hielt die Blätter leicht in Bewegung.

»Ich mußte rausbekommen, ob das alles aus unserer Jugend wirklich existiert hat oder nur ein Produkt meiner Phantasie ist. Aber weder Roberto noch Mangonga, weder Felix noch Ulpiniano-der-Sanfte konnten mir helfen. Jetzt bist nur noch du übrig, Najuba, entschuldige, Euzébio. Bruder Euzébio. Ich muß es wissen, es macht mich allmählich verrückt.«

Dann fragte ich Najuba oder Bruder Euzébio, ob er sich an den Tod von Ulpiniano-dem-Sanften, an den Flug von Roberto, an Mangongas Hang zu diabolischen Dingen erinnerte. Er konnte sich an alles erinnern.

»Ich weiß noch, ich weiß noch«, sagte er immer wieder sanft.

»Weißt du, ich habe mit Roberto gesprochen, und er schien sich an nichts mehr erinnern zu können.«

»Niemand erinnert sich gern an seine Jugendsünden.«

»Sünden?«

»Er hat doch den *teco-teco* geklaut, oder?«

»Welchen *teco-teco*?«

»Die einmotorige Maschine, die er im Sportfliegerklub geklaut hat, um zu beweisen, daß er fliegen kann, ohne es je gelernt zu haben.«

»Das meinte ich aber nicht. Ich wußte gar nicht, daß er einen *teco-teco* geklaut hatte. Ich meinte damals, als er selbst geflogen ist, seinen Körper vom Fußboden angehoben hat, zwanzig Zentimeter oder noch mehr. Weißt du das nicht mehr? Levitation, er machte Levitations-Experimente und brachte seinen Körper zum Schweben.«

Najuba oder Bruder Euzébio sah mich befremdet an. Nein, daran konnte er sich nicht erinnern. Und an den Tod von Ulpiniano-dem-Sanften? Das wußte er noch, aber das war doch alles nur ein Scherz gewesen, denn vom Tod wiederauferstehen konnte ja keiner, oder? Aber es war ein Fall von Katalepsie, wie bei jedem anderen Wunder, entgegnete ich. Najuba hüllte sich in Schweigen. Er erinnerte sich an gar nichts mehr, das nämlich war die Wahrheit, er erinnerte sich an nichts, er wollte oder konnte sich an nichts erinnern, er hatte mit der Vergangenheit gebrochen, das Bleigewicht am Penis, die Grausamkeiten der Jugend, das alles wollte er hinter sich lassen, sein Leben als Mönch neu aufbauen. Was nützte es, daß ich ihn fragte, ob er sich an etwas erinnerte, das er vergessen wollte? Wer sich erinnern wollte, war ich, und ich wollte nichts neu aufbauen.

11. Unser Denken ist das Schnellste, was es gibt. Ich habe das Gefühl, daß ich keinen Auftrag mehr zu erfüllen habe, daß es in meinem Leben keinen Plan mehr zu verwirklichen gibt. Ich fühle mich jetzt unendlich träge und lausche nur auf die Geräusche der Nacht. Manche kommen von draußen, aber denen messe ich keine Bedeutung bei. Die wirklich ernst zu nehmenden Geräusche kommen aus dem Inneren des Hauses. Die meisten sind nicht zu identifizieren. Geister? Gerade habe ich ein Knarren gehört, aber das beängstigt mich nicht; ich ergebe mich den Kakerlaken. Einbrecher? Ich bin so müde, daß ich von nichts mehr

etwas wissen will. Sollen sie doch alles stehlen. Sollen sie mich umbringen; mich ängstigen können sie nicht mehr. Eine Tür hat geschlagen. Ich werde hellhörig wie ein Tuberkulosekranker und höre sogar das Ticken meiner Armbanduhr auf dem Nachttisch. Habe ich die Türen zugemacht? Ich will nicht mehr daran denken. Mein Leben lang habe ich daran gedacht, Türen zuzumachen. So oder so weiß ich, trotz meiner großen Unsicherheit, daß ich sie zugemacht habe. Und auch die Fenster, Fensterläden, alles. Alles zugemacht. Aber ich höre ein anderes Geräusch. Vielleicht ganz leise auftretende Füße, die einen schmächtigen Körper tragen, und ein anderes Herz, das klopft, und eine andere Lunge, die atmet. Ich will nicht mehr an die Vergangenheit denken. Ich weiß.

Bericht über einen Vorfall, bei dem irgendwelche Ähnlichkeiten mit wahren Begebenheiten kein reiner Zufall sind

In den Morgenstunden des 3. Mai läuft eine braune Kuh am Kilometer 53 über die Brücke des Rio Coroado in Richtung Rio de Janeiro.

Ein Reisebus des Transportunternehmens Única Auto Ônibus mit den Kennzeichen RF-80-07-83 und JR-81-12-27 fährt auf der Brücke des Rio Coroado in Richtung São Paulo.

Als der Fahrer Plínio Sérgio die Kuh sieht, versucht er auszuweichen. Aber er fährt die Kuh an, rammt die Brükkenmauer, und der Bus stürzt in den Fluß.

Die Kuh oben auf der Brücke ist tot.

Unter der Brücke sind tot: eine Frau, bekleidet mit langer Hose und gelber Bluse, vermutlich 20 Jahre alt, deren Identität man nie feststellen wird; Ovídia Monteiro, 34 Jahre alt; Manuel dos Santos Pinhal, Portugiese, 35 Jahre alt, der einen Mitgliedsausweis der Gewerkschaft der in Getränkefabriken Beschäftigten bei sich trug; der einjährige Reinaldo, Sohn von Manuel, sowie Eduardo Varela, verheiratet, 43 Jahre alt.

Zeugen des Unfalls sind Elias Gentil dos Santos und seine Frau Lucília, die in der Nähe wohnen. Elias schickt seine Frau nach Hause, eine Machete holen. Eine Machete? fragt Lucília. Ja, eine Machete, schnell, du dumme Gans. Er ist nervös. Ach so! Lucília begreift. Sie läuft los.

Marcílio da Conceição kommt dazu. Elias sieht ihn giftig an. Dann taucht auch Ivonildo de Moura Júnior auf.

Und diese dumme Gans kommt nicht mit der Machete, denkt Elias. Er ist wütend, über alles, seine Hände zittern. Elias spuckt mehrfach kräftig aus, bis ihm der Mund trocken wird.

Guten Tag, Seu Elias, sagt Marcílio. Guten Tag, knurrt Elias zwischen den Zähnen und sieht zur Seite. Dieser Mulatte! denkt er.

So was, sagt Ivonildo, nachdem er sich über die Mauerbrüstung gebeugt und die Feuerwehrleute und die Polizisten unten gesehen hat. Oben auf der Brücke stehen nur Elias, Marcílio und Ivonildo, außerdem der Fahrer eines Wagens der Verkehrspolizei.

Die Zeiten sind nicht gut, sagt Elias mit einem Blick auf die Kuh. Er kann den Blick nicht von der Kuh lösen.

Das stimmt, sagt Marcílio.

Alle drei blicken auf die Kuh.

Von weitem sehen sie Lucília angelaufen kommen.

Elias hat wieder zu spucken angefangen. Wenn ich könnte, wäre ich auch reich, sagt Elias. Marcílio und Ivonildo wiegen den Kopf, blicken auf die Kuh, dann hinüber zu Lucília, die immer näher kommt. Auch Lucília ist nicht über den Anblick der beiden Männer erfreut. Guten Tag, Dona Lucília, sagt Marcílio. Lucília antwortet mit einem Kopfnicken. Hab' ich zu lange gebraucht, fragt sie atemlos ihren Mann.

Elias greift nach der Machete und nimmt sie wie einen Dolch in die Hand; voller Haß sieht er Marcílio und Ivonildo an. Er spuckt aus. Dann stürzt er sich auf die Kuh.

Das Filet, das ist auf dem Rücken, sagt Lucília. Elias schneidet die Kuh auf.

Marcílio geht zu ihm. Leihen Sie mir nachher Ihr Messer, Seu Elias? fragt Marcílio. Nein, antwortet Elias.

Marcílio geht mit schnellen Schritten weg. Ivonildo rennt los.

Die gehen Messer holen, sagt Elias wütend, dieser Mulatte, dieser Gehörnte. Seine Hände, sein Hemd und seine Hose sind voller Blut. Du hättest eine Tasche oder einen Beutel mitbringen sollen, zwei Beutel, du Dummkopf. Hol zwei Beutel, verlangt Elias.

Lucília läuft los.

Elias hat schon zwei große Fleischstücke herausgeschnitten, da kommen Marcílio und seine Frau Dalva, Ivonildo mit seiner Schwiegermutter Aurélia und Erandir Medrado mit seinem Bruder Valfrido Medrado angelaufen. Alle mit Messern und Macheten. Sie machen sich über die Kuh her.

Lucília kommt zurückgelaufen. Sie bringt kaum ein Wort heraus. Sie ist im achten Monat schwanger, von einer Wurmkrankheit geschwächt, ihr Haus liegt oben auf einem Hügel, die Brücke oben auf einem anderen Hügel. Lucília hat ein zweites Messer mitgebracht. Sie macht sich ans Zerlegen.

Einer muß mir ein Messer geben, sonst beschlagnahme ich alles, sagt der Fahrer des Polizeiwagens. Die Brüder Medrado, die mehrere Messer mitgebracht haben, geben dem Fahrer eins.

Mit einer Säge, einem Schlachtmesser und einem Beil kommt, zusammen mit zwei Gehilfen, João Leitão, der Schlachter, dazu.

Nein, Sie nicht, schreit Elias.

João Leitão kniet sich neben die Kuh.

Sie nicht, sagt Elias und stößt João weg. João wankt und landet auf dem Gesäß.

Sie nicht, schreien die Brüder Medrado.

Sie nicht, schreien alle bis auf den Polizeifahrer.

João zieht sich zurück; in zehn Meter Entfernung bleibt er stehen und sieht mit seinen beiden Helfern zu.

Das Fleisch der Kuh ist zur Hälfte abgelöst. Der

Schwanz war nicht einfach abzuschneiden. Den Kopf und die Beine abzutrennen, hat keiner geschafft. Die Eingeweide wollte keiner haben.

Elias hat seine beiden Beutel vollgestopft. Die anderen Männer benutzen ihre Hemden als Säcke.

Als erster macht sich Elias mit seiner Frau auf den Weg. Mach mir ein ordentliches Steak, sagt er lächelnd zu Lucília. Ich hol' mir von Dona Dalva ein paar Kartoffeln, dann mach' ich dir auch Pommes frites, antwortet Lucília.

Die Reste der Kuh liegen in einer Blutlache. João pfeift nach seinen beiden Helfern. Einer von ihnen hat einen Handwagen dabei. Sie legen die Reste der Kuh in den Wagen. Auf der Brücke bleibt nur die Blutlache zurück.

Das vierte Siegel

(Fragment)

1. Der Exterminator steckte die Selbstladepistole in ein Spezialhalfter auf seinem Rücken, gleich oberhalb des Gesäßes. Die Waffe lag darin quer, mit dem Griff nach rechts oder nach links, je nach Belieben; der Exterminator konnte mit beiden Händen schießen. Mit unglaublicher Geschwindigkeit zog der Exterminator seine 54er Superflache und zielte auf die Brust des Cacique. Der Cacique blinzelte nicht einmal. Er selbst hatte dem Exterminator diesen Kniff beigebracht.

»Das habe ich aus einem alten amerikanischen Roman über schwarze Terroristen gelernt«, sagte der Cacique. »Der Trick ist alt, aber verblüffend. Heutzutage liest kein Mensch mehr. Ich dagegen habe alles, was ich weiß, aus Büchern.« Ein leichtes Lächeln auf seinem schmallippigen Mund.

Der Exterminator war von außerhalb gekommen. Sein Deckname war der Buchstabe R.

»Und was ist mit Exterminator RJ? Warum erledigt der die Sache nicht?«

Es gab fünf Exterminatoren, die nach São Paulo, Rio de Janeiro, Recife, Belo Horizonte und Porto Alegre eingeschleust waren. Sie hatten die Aufgabe, Amtsträger umzubringen, hochgestellte Fachkräfte und Beamte, die nie in der Öffentlichkeit auftraten und deshalb für die Schwadronen nicht erreichbar waren *(Schwadronen: auf Sprengstoffattentate gegen Personen spezialisierte Gruppen).*

»Der kommt schlecht durch«, antwortete der Cacique.

»Welches Ziel?« fragte der Exterminator mit dem Akzent von Rio, so daß die Ls wie Us klangen.

»Der G. G.« *(G. G.: Generalgouverneur)*

»Das wird nicht leicht«, sagte der Exterminator mit dem Akzent aus dem Süden, und das L vibrierte an seinem Gaumen. Eine kleine Kostprobe seiner Fähigkeiten, um den Cacique zu beeindrucken – oder zu amüsieren. R. konnte überall im Land und genauso im Ausland eingeschleust werden. Er spielte jede Rolle. Nicht einmal der ESI erkannte, daß er sich verstellte. *(ESI: Elektronischer Stimmen-Identifikator.)* R. hatte jede kleinste Geste unter Kontrolle – essen, gehen, sitzen, laufen, rauchen, selbst die Art zu denken paßte er seiner jeweiligen Rolle an. Das Training der Exterminatoren im Täuschen und Töten war genauso sorgfältig und schwierig wie in alten Zeiten die Ausbildung der Astronauten.

»Sie werden benachrichtigt. Das hier ist unser letzter Kontakt, bis Sie den Auftrag ausführen. Nutzen Sie die erste Gelegenheit, die sich bietet«, sagte der Cacique.

»O. K.«, sagte der Exterminator.

»Noch was«, sagte der Cacique, »in einem Monat fangen die BBB mit einem neuen Programm an. Vielleicht hilft Ihnen das. Das wär's.« *(BBB: Spezialisten für Brandstiftungen und Plünderungen, Kürzel abgeleitet von dem Kampfschrei der afroamerikanischen Terroristen des 20. Jahrhunderts: burn, baby, burn.)*

Der Exterminator blickte in das faltige, gleichmütige Gesicht des Cacique. Dann verließ er schweigend den Raum.

2. Durch die bruchfeste Scheibe stellte der G. G. fest, daß

die Person in seinem Vorzimmer seine Sekretärin Dona Nova war. Der G. G. drückte einen Knopf und löste damit einen Mechanismus aus, mit dem eine der Panzertüren seines Vorzimmers verriegelt und gleichzeitig die andere Tür, die zu seinem Raum führte, geöffnet wurde.

Die Sekretärin kam mit erhobenen Händen herein, den Diktatblock unter den Gürtel geklemmt.

»Wie sieht mein Terminkalender aus?« fragte der G. G.

Die Sekretärin senkte langsam die Hände, wobei sie die Handinnenflächen weiterhin nach vorn hielt; als sie in Gürtelhöhe waren, zog sie mit den Fingerspitzen der rechten Hand den Block heraus, während sie die linke Hand ausgestreckt in der Waagerechten ließ. Dann faßte sie den Block mit beiden Händen und hielt ihn auf fünfundvierzig Zentimeter Abstand vom Körper. SAR-Vorschriften. *(SAR: Sonderabwehrrichtlinien).*

»Mittwoch ist frei«, sagte die Sekretärin.

»Pan Cavalcânti kommt heute auf dem Flughafen Galeão an. ABGEPO benachrichtigen, damit ihn jemand abholt. Ich will ihn am Mittwoch sprechen. 16 Uhr.« *(ABGEPO: Abteilung Geheimpolizei).*

»Intercom, internes Netz oder vis-à-vis?«

»Internes Netz«, sagte G. G.

3. Im Hotel stand über dem Empfang in großen Quecksilberdampfbuchstaben: WENN SIE DEN (DIE) MANN (FRAU) IN IHRER BEGLEITUNG NICHT SCHON LANGE KENNEN, GEHEN SIE MIT IHM (IHR) NICHT INS BETT. SCHÜTZEN SIE IHR LEBEN.

»Wenn die Leute darauf hörten, würde niemand mehr mit einem anderen ins Bett gehen«, sagte die Frau.

Sie lachte. Der Exterminator blieb ernst.

»GA?« fragte der Portier. *(GA: Geschäftlicher Ausweis).*

Der Exterminator schüttelte den Kopf.

»Zwanzig Prozent Aufschlag«, sagte der Portier.

»O. K.«, sagte der Exterminator.

»Wieviele Stunden?« fragte der Portier.

»Weiß ich nicht«, antwortete der Exterminator.

»Zusätzlich zehn Prozent«, sagte der Portier.

»O. K.«, sagte der Exterminator.

Der Exterminator und die Frau gingen auf das Zimmer.

Der Exterminator schloß die Tür ab.

Der Exterminator und die Frau zogen sich aus.

Die Frau legte sich auf das Bett.

Der Exterminator öffnete die Tasche der Frau und holte ein IAPA aus Leder und Aluminium heraus. *(IAPA: Instrument für aktiv-passive Algolagnie).*

Aufgeregt fragte die Frau vom Bett aus: »Du bist doch kein SS, oder?« Sie hatte auf dem ganzen Körper eine Gänsehaut. *(SS: Super-Sadist, Mensch, der nur Lust empfindet, wenn er den oder die Partner beim Sexualakt tötet.)*

»Was glaubst du?« fragte der Exterminator ungerührt.

»Ich weiß nicht«, sagte die Frau.

»Dreh dich um«, sagte der Exterminator.

»Willst du mich umbringen? Wenn du mich umbringen willst, laß mich vorher ein RLW nehmen«, sagte die Frau. *(RLW: Rauschgift mit lähmender Wirkung).*

»Dreh dich um«, sagte der Exterminator und schlug mit dem IAPA auf die Brüste der Frau.

Die Frau bedeckte sich die Brüste mit den Händen.

Der Exterminator schlug auf den Bauch der Frau.

Dünne Blutstreifen bildeten sich auf der Haut der Frau.

Die Frau drehte sich um. Ihre Gesäßbacken waren zusammengekniffen. Unterdrücktes Wimmern drang aus ihrem Mund. Der Exterminator schlug auf den Rücken und das Gesäß der Frau.

Der Exterminator legte sich neben der Frau auf die Blutspuren, die der Körper der Frau auf dem Laken hinterlassen hatte. Der Exterminator nahm die Frau heftig in die Arme und biß ihr auf die Lippen, bis er das süße Blut auf seiner Zunge spürte.

»Mein Liebling, liebe mich, mein Liebling«, sagte die Frau und sprach das Große Wort des OI voller Leidenschaft aus.

»Mein Liebling, mein Liebling«, sagte der Exterminator. *(OI: Obszönitäten-Index, Sammlung von streng verbotenen Wörtern).*

4. Pan Cavalcânti setzte sich in die KÜIN und blickte auf das schwarze Plastikviereck vor ihm. *(KÜIN: Kabine für Übertragung über internes Netz).*

Das schwarze Viereck wurde hell, und das Gesicht von G. G. erschien.

»Pan, wie geht es? Wie lange haben wir uns nicht mehr gesehen?«

»Ein Jahr«, sagte Pan.

»Sie sehen gut aus. Ihre Gesichtsfarbe gefällt mir.«

»Das kommt vom TV. In Wirklichkeit ist mein Gesicht nicht rosa, sondern grün«, antwortete Pan.

»Meins auch«, sagte G. G.

Die beiden Männer betrachteten einander, jeder vor seinem Viereck.

»Ich brauche Sie«, sagte der G. G.

»Wieso?« fragte Pan.

»Ich möchte, daß Sie die VSAS übernehmen«, sagte der G. G. *(VSAS: Vereinheitlichte Sonderabteilung Sicherheit).*

»O. K. Aber dann muß einer für mich nach Pernambuco gehen«, sagte Pan.

»Ist bereits ernannt«, sagte der G. G.

»O. K.«, sagte Pan.

»Das IEMMT hat eine wachsende Unruhe in den VUFGBs beobachtet. Es ist so gut wie sicher, daß die

BBB das ausnutzen werden«, sagte der G. G. *(IEMMT: Institut zur Erforschung von Massenmotivierungstendenzen. VUFGB: Vertikale urbane Favela großer Bauhöhe).*

»Vielleicht ja, vielleicht auch nicht. Zu offensichtlich.«

»Wir dürfen das Risiko nicht eingehen. In den VUFGBs leben zwanzig Millionen Menschen. Sie dürfen nicht vergessen, beim letzten Mal sind allein in der Südzone fünfzehntausend umgekommen«, sagte G. G.

»Ja, ich weiß«, sagte Pan.

»In der letzten Woche wurde der Planungsminister umgebracht. In seinem Bett, er und seine zwei Frauen. Wir ermitteln, tappen aber noch im Dunklen. Ein vis-à-vis mit ihm war absolut unmöglich. Diese Information ist geheim. Ich wiederhole: geheim.«

»O. K.«

»Informationen mit dem Genauigkeitsfaktor 80 besagen, daß der Cacique aus den Vereinigten Staaten ins Land eingereist ist.«

»Der Cacique?« fragte Pan aufgeregt. »Hier?«

»Mit achtzig Prozent Genauigkeit«, sagte der G. G.

»Dann haben wir allerdings Anlaß zur Sorge über die Stimmung in den VUFGBs. Wie sieht der Vorrat an LÄGAS aus?« *(LÄGAS: lähmendes Gas).*

»Genug da, Pan, aber Sie sollen sich nicht um die urbanen Explosionen kümmern. Das ist Routine. Sie sollen sich auf den Cacique konzentrieren. Wir wollen den Cacique erwischen. Das wird ein großer soziopsychologischer Sieg.«

5. Montag, der 18. In der Metrostation in der Rua Uruguaiana, Ecke Avenida Presidente Vargas herrschte Hochbetrieb. Um 17 Uhr explodierte die erste Bombe in der Nähe eines Schalters. Es folgten weitere fünf Explosionen, von denen die letzte mehrere Waggons eines U-Bahn-

Zuges zerstörte. Großes Schreien und Stöhnen. Geruch von verbrannten Kleidern und Körpern.

Um 17 Uhr 30 begannen etwa zweihunderttausend Menschen, die Kneipen, Lebensmittelläden, Apotheken und Geschäfte der Wohnsilos in der Avenida Nossa Senhora da Copacabana zu demolieren. Anschließend begaben sich die zweihunderttausend in Richtung Stadtzentrum zu den Massen, die die Metrostationen demolierten.

Mit Schnellfeuergewehren bewaffnete BBB-Gruppen verteilten sich, über Funk gesteuert, über die Stadt und warfen PLABOs in die Hochhäuser. *(PLABO: Plastikbombe).*

6. Dienstag, der 26. Den Computerberechnungen zufolge waren bei den Unruhen der Woche nur achttausend Menschen umgekommen. Soziologen staunten über die niedrige Zahl der Verluste. Die Einsatzkräfte zur Anti-Sozialen Unterdrückung hatten die Lage mit Hilfe von LÄGAS und EI-EI-EI unter Kontrolle gebracht. Dreihunderttausend Menschen waren obdachlos geworden. *(EI-EI-EI: epidermisches Irritans, dreifach konzentriert).*

7. In einem Wagen mit kugelsicheren Scheiben fuhr Pan durch die beiden großen Gettos der Südzone, die VUFGBs von Copacabana und Ipanema. Die Lastwagen der Städtischen Straßenreinigung sammelten die Leichen ein, um sie zu den unterirdischen Krematorien an den Plätzen XV de Novembro und Largo da Carioca zu bringen. Die Leichen wurden nicht identifiziert. Sie sollten mitsamt ihrer Bekleidung eingeäschert werden. Von einem Balkon eines alten, verfallenen Gebäudes schoß jemand auf einen der Männer der Städtischen Straßen-

reinigung. Zwei andere untersuchten ihren Kollegen, der auf der Straße zusammengebrochen war. Dann legten sie ihn zu den anderen Leichen auf einen der Lastwagen.

Über Rundfunk verbreitete Pan verschlüsselt die folgende Nachricht:

»ACHTUNG VSASACHTUNG VSASABTEILUNGSLEITERVERSAMMLUNGHEUTE 18 H BRINGEWICHTIGENGEFANGENENPAN.«

Mit hoher Geschwindigkeit fahrend kam Pan nach Santa Cruz. Er hielt vor der Garage eines neuen Hochhauses und fuhr in den 74. Stock hinauf.

In die Tür des Apartment 7404 war ein Mikrophon eingebaut, darüber stand ESI.

»Eine Lieferung für den Chef«, sagte Pan, den Mund dicht am Mikrophon.

Die Tür ging auf. Im Wohnraum befand sich ein junger Mann mit Brille. Die von Pan abgefeuerte Kugel durchschlug das Brillenglas, durchbohrte das Auge und dann den Kopf des jungen Mannes, der zu Boden stürzte. Die Brille befand sich noch immer auf seinem Gesicht. Der Schuß hatte kaum mehr Geräusch verursacht als ein Lufthauch. Superschalldämpfer.

Der Chef, der auf dem Bett lag, richtete sich auf, als er Pan in sein Zimmer treten sah. An seinen Körperbewegungen erkannte Pan, daß der Chef Linkshänder war. Mit großer Präzision zielte Pan auf den linken Ellbogen des Chefs und zerschoß ihm den Arm. »Ich will dich lebendig«, sagte Pan.

8. In den Kellerräumen der ABGEPO brachte ein alter Wärter einem jungen Wärter bei, wie das ABSÜR montiert wird. *(ABSÜR: Kürzel für Absolute Überredung, ein Instrument zur physischen Folter. Nicht zu verwechseln mit*

ZWÜR, Abkürzung von Zwangs-Überredung, ebenfalls ein Folterinstrument, jedoch nur für psychische Folter.)

»Das ABSÜR ist ganz leicht zu montieren«, sagte der Alte, »man muß sich nur ein bißchen in Mechanik und ein bißchen in Elektronik auskennen.«

Der Alte schaltete die Leitung der beiden Audiophone auf der elektronischen Schalttafel.

»Wenn du auf diesen Knopf drückst und die rote Lampe leuchtet auf, heißt das, die Verbindung ist richtig. Siehst du, so einfach ist das.«

Der junge Wärter sah dem Alten bei all seinen Handgriffen aufmerksam zu.

»Die Verbindungskabel für den Elektroschock werden hier in diese Buchse reingesteckt. Wichtig ist, daß der Teil für den Schock nicht mit dem Teil für den Ton verwechselt wird. Das eine hat den Buchstaben T, siehst du? Das andere hat ein S. Kontrolliert wird genauso mit einer roten Lampe. Hast du gesehen?« Klick.

Hodenpresse, geschuppte Harnleitersonde, Gas- und Flüssigklistiere, Spezialnadeln – der Wärter legte sämtliche Instrumente auf einen mit einem weißen Tuch bedeckten Tisch neben dem Eisenbett.

»Diese Arbeit ist ganz einfach. Ich kann dir nur raten, laß dir diese Chance nicht entgehen. Hier hast du für den Rest deines Lebens eine gute Stelle. Solange sich unser Volkscharakter nicht ändert, ist dir dein Arbeitsplatz sicher. Und unseren Volkscharakter zu verändern, das ist ein Ding der Unmöglichkeit, oder was meinst du?«

9. Der Chef lag auf dem Eisenbett.

Die Fernsehkamera und das Mikrophon näherten sich, vom Raum des G. G. aus gesteuert, dem Gesicht des Chefs.

»Wir wollen nur wissen, wo sich die Cacique genannte Person befindet«, sagte der G. G. über den Lautsprecher.

»Reden bringt nichts«, sagte Pan, »wir haben ihm die Trommelfelle zerstört. Die Fragen müssen schriftlich gestellt werden. Er kann noch etwas sehen.«

In einer Ecke des Raumes schüttelte der alte Wärter den Kopf.

Pan schrieb auf ein Stück weiße Pappe in großen Druckbuchstaben: DER GENERALGOUVERNEUR SIEHT SIE ÜBER FERNSEHEN. ER WILL WISSEN, WO WIR DEN CACIQUE FINDEN KÖNNEN. WENN SIE ES SAGEN, BLEIBEN SIE AM LEBEN.«

»Macht ihm die Augen sauber«, sagte Pan.

Die beiden Wärter wischten dem Chef die Augen mit Schwämmchen und Taschentüchern aus.

Als er die Pappe sah, machte der Chef die Augen zu.

»Er ist eisern«, sagte Pan, »wir haben noch nicht mal rausgekriegt, wie lange er schon die BBB befehligt.«

»Sie haben ausgesprochen lobenswerte Arbeit geleistet, Pan, wirklich brillant«, sagte der G. G.

Pan schraubte die Hodenpresse um eine Umdrehung fester.

Der alte Wärter sagte leise zu dem jungen: »So eine miserable Arbeit habe ich noch nie erlebt. Auf diese Weise bringt er den Mann um. Aber er führt hier das Kommando, und er scheint zwar keine Erfahrung zu haben, aber er hat seine Anweisungen, verstehst du?«

Pan schrieb auf ein anderes Stück Pappe das Wort EUNUCH und hielt es dem Chef vor die Augen. *(EUNUCH: Eunuch.)*

Der Chef machte die Augen zu.

»Sie halten mich auf dem laufenden, was passiert«, sagte der G. G. und schaltete den Fernseher ab. Die Kamera und das Mikrophon bewegten sich in die Wandnische zurück.

Der Chef lag regungslos auf dem Bett.

»Ich glaube, der hat zu viel Druck gekriegt«, sagte der alte Wärter.

»Was heißt das?« fragte Pan.

»Der Dr. Baltar, ein Sozialpsychologe, der hat die Leute manchmal einen Monat lang eingesperrt und sie nicht angerührt, an keinen Apparat angeschlossen, damit ihre Angst größer wird.«

»Absür oder Zwür?« fragte Pan trocken.

»Absür.«

»Dieser Doktor hatte keine Eile, aber ich hab s eilig. Was ist aus ihm geworden?«

»Man hat ihn erwischt«, sagte der alte Wärter beklommen. »Ein Exterminator.«

Pan drehte den Wärtern den Rücken zu, beugte sich über den Körper des Chefs und legte sein Ohr auf den Mund des Chefs.

»Ruhe«, sagte Pan zu den Wärtern.

Pan hob den Kopf des Chefs an, die eine Hand am Kinn, die andere im Nacken. Der Mund des einen und das Ohr des anderen klebten eine Weile aneinander.

»Er hat soeben alles gestanden. Ich muß mit dem G. G. sprechen«, sagte Pan.

Pan verließ eilig den Raum.

»Der übliche Ablauf ist so: Nach der Behandlung wird die KONTROLLE gefragt, sie entscheidet in Abstimmung mit dem Computer, was aus dem Gefangenen wird, ob er beseitigt wird oder wiederhergestellt«, erklärte der alte Wärter. *(KONTROLLE: Kontrolle).*

Der Wärter schaltete die INTERCOM ein und verlangte KONTROLLE. *(INTERCOM: direkte Interkommunikation).*

»Gefangener C-TBS-1.487-018. Wohin?«

»Einen Moment«, antwortete Kontrolle.

Kurz darauf entschied Kontrolle zur Überraschung des

Wärters, daß der Gefangene zur Wiederherstellung gebracht werden sollte.

10. Über INTERCOM meldete Pan sich bei dem G. G.

»Scramble«, sagte Pan.

»So. Die Leitung ist gesichert. Tragen Sie vor«, sagte der G. G.

»Der Chef hat geredet. Brauche dringend Gespräch. Supergeheim. Vis-à-vis«, sagte Pan.

»Vis-à-vis? Sie wissen, vis-à-vis geht nur bei ganz außergewöhnlichen Fällen«, sagte der G. G.

»Der Fall ist außergewöhnlich. Ihr Leben ist in Gefahr. Vertrauen Sie niemandem«, sagte Pan.

»Ist gut. Sie können kommen«, sagte der G. G.

11. Der G. G. beobachtete Pan durch die Glasscheibe. Pan wirkte ruhig. Der G. G. drückte auf den Knopf.

Pan trat mit erhobenen Händen ein.

»Wir haben keine Zeit zu verlieren. Dona Nova ist ein Exterminator. Wir müssen sie sofort festnehmen«, sagte Pan.

»Dona Nova? Ausgeschlossen«, sagte der G. G.

»Der Chef hat alles gestanden. Das kann er sich nicht ausgedacht haben, Dona Novas Arbeit ist geheim.«

»Ich sage, das ist ausgeschlossen«, sagte der G. G.

»Wir dürfen keine Zeit verlieren«, sagte Pan ungeduldig.

»Dann rufe ich sie«, sagte der G. G.

»Nein. Sie kann eine hochkarätige Minibombe am Körper versteckt haben. Gibt es hier noch einen anderen Ausgang? Ich will sie überrumpeln.«

»Hinter dem Regal ist ein Notausgang«, sagte der G. G.

»Dann machen Sie ihn auf, damit ich da rausgehen kann«, sagte Pan.

Eine rote Lampe leuchtete an der INTERCOM auf.

»Einen Augenblick«, sagte G. G. und nahm den Hörer ab.

G. G. hörte eine Weile zu.

»Das war Kontrolle«, sagte G. G. und schaltete die INTERCOM aus. »Man hat mir mitgeteilt, daß der Chef im ABGEPO umgebracht worden ist. Man hat ihm das Genick gebrochen.«

Eine Sekunde lang sah G. G. Pan in die Augen. Plötzlich griff G. G. mit der Hand in die Jacke. Aber der Exterminator war schneller. Seine 54er Superflache riß ein Loch über dem rechten Auge des G. G., der vornüber auf den Arm stürzte, mit dem er noch unter der Jacke die eigene Waffe hielt.

Der Exterminator beugte sich über den zu Boden gestürzten Körper. Er hielt den Lauf der Waffe an die Schädelbasis des G. G. und drückte ein zweites Mal ab.

Vorsicht ist geboten, die heutige Medizin ist sehr weit, dachte der Extermintor, während er die auf den Boden gespritzte Gehirnmasse des G. G. zertrat.

Einsame Herzen

Ich arbeitete in einem Massenblatt als Polizeireporter. In der Stadt hatte es schon lange kein interessantes Verbrechen mehr gegeben, bei dem es um eine reiche, schöne, junge Frau aus der Gesellschaft, um Tote, Vermißte, Korruption, Lügen, Sex, Ehrgeiz, Geld, Gewalt, Skandale ging.

So ein Verbrechen wie in Rom, Paris oder New York, sagte der Chefredakteur, wir haben grade eine schlechte Phase. Aber das ändert sich bald. Das ist zyklisch, wenn man am wenigsten damit rechnet, fliegt der nächste Skandal auf und gibt Stoff für ein ganzes Jahr ab. Es ist doch alles marode, überfällig, wir müssen nur abwarten.

Bevor er aufflog, warfen sie mich raus.

Kleine Händler bringen ihre Partner um, kleine Ganoven bringen kleine Händler um, die Polizei bringt kleine Ganoven um, mehr nicht. Lauter Belanglosigkeiten, sagte ich zu Oswaldo Peçanha, Chefredakteur und Besitzer der Zeitung *Mulher*.

Es gibt auch noch Meningitis, Bilharziose, die Chagas-Krankheit, sagte Peçanha.

Das ist aber nicht mein Gebiet, erwiderte ich.

Hast du schon mal *Mulher* gelesen? fragte Peçanha.

Ich gestand, es noch nicht gelesen zu haben. Ich lese lieber Bücher.

Peçanha holte einen Kasten Zigarren aus der Schublade und bot mir eine an. Wir zündeten die Zigarren an. Binnen kurzer Zeit konnte man nicht mehr atmen. Es waren billige Zigarren, wir hatten Sommer, die Fenster waren geschlossen, und die Klimaanlage funktionierte nicht richtig.

Mulher gehört nicht zu diesen bunten Blättern für Frauen der Mittelschicht, die ständig Schlankheitskuren machen. Es ist für Frauen der Unterschicht gedacht, die Reis mit Bohnen essen, und wenn sie dick werden, haben sie eben Pech gehabt. Guck mal rein.

Peçanha warf mir ein Exemplar der Zeitung hin. Handliches Format, Überschriften in Blau, ein paar unscharfe Photos. Photoroman, Horoskop, Interviews mit Fernsehstars, Selbstgenähtes.

Meinst du, du könntest die Rubrik *Von Frau zu Frau* machen, unseren Ratgeber in Herzensfragen? Der Mensch, der das bislang gemacht hat, hat gekündigt.

Verantwortlich für *Von Frau zu Frau* zeichnete eine gewisse Elisa Gabriela. *Liebe Elisa Gabriela, mein Mann kommt jeden Abend betrunken nach Hause und ...*

Ich glaube schon, antwortete ich.

Prima. Fang gleich an. Unter welchem Namen willst du schreiben?

Ich überlegte kurz.

Nathanael Lessa.

Nathanael Lessa? fragte Peçanha so überrascht und schockiert, als hätte ich ein Schimpfwort gesagt oder seine Mutter beleidigt.

Was ist denn? Das ist ein ganz gewöhnlicher Name. Und ich erweise damit zwei Leuten die Ehre.

Peçanha stieß gereizt den Rauch seiner Zigarre aus.

Erstens ist das kein ganz gewöhnlicher Name. Zweitens ist es kein Name der Unterschicht. Wir verwenden hier nur Namen, die der Unterschicht gefallen, schöne Namen. Drittens ehrt die Zeitung nur Leute, die ich ehren will, und ich kenne keinen Nathanael Lessa, und schließlich – Peçanhas Gereiztheit hatte sich immer weiter gesteigert, als käme sie ihm irgendwie zustatten – benutzt hier bei uns niemand, nicht einmal ich, ein männliches Pseudonym. Mein Name lautet Maria de Lourdes!

Ich sah mir die Zeitung noch einmal an, auch das Impressum. Da standen ausschließlich weibliche Namen.

Meinst du nicht, ein Männername würde die Antworten glaubhafter erscheinen lassen? Vater, Ehemann, Arzt, Priester, Chef – das sind doch alles nur Männer, die ihnen sagen, was sie tun sollen. Nathanael Lessa wirkt besser als Elisa Gabriela.

Genau das will ich nicht. Bei uns haben sie das Gefühl, über sich selbst zu bestimmen, sie vertrauen uns, als wären wir ihre besten Freundinnen. Ich bin seit fünfundzwanzig Jahren in diesem Geschäft. Komm mir nicht mit unbewiesenen Theorien. *Mulher* revolutioniert die brasilianische Presse, es ist eine besondere Zeitung, nicht wie die anderen, die Nachrichten aus dem Fernsehen von gestern bringen.

Er war so gereizt, daß ich nicht fragte, was *Mulher* eigentlich bezweckte. Das würde er mir über kurz oder lang schon sagen. Ich wollte auch nur den Job.

Mein Cousin Machado Figueiredo, der ebenfalls fünfundzwanzig Jahre Berufserfahrung hat, allerdings in der Banco do Brasil, sagt, er sei immer offen für nicht bewiesene Theorien. Ich wußte, daß *Mulher* Schulden bei der Bank hatte. Und auf Peçanhas Tisch lag ein Empfehlungsschreiben meines Cousins.

Als er den Namen meines Cousins hörte, wurde Peçanha blaß. Er biß auf die Zigarre, um nicht die Beherrschung zu verlieren, dann spitzte er den Mund wie zum Pfeifen, und seine wulstigen Lippen zitterten, als habe er ein Pfefferkorn auf der Zunge. Anschließend grinste er breit, klopfte sich mit dem Daumennagel auf die nikotingelben Zähne und sah mich mit einem Blick an, den er vermutlich für höchst bedeutungsvoll hielt.

Ich könnte auch noch Dr. vor meinen Namen setzen. Dr. Nathanael Lessa.

Verflixt! Schon gut, schon gut, knurrte Peçanha zwischen den Zähnen, du fängst heute an.

Auf diese Weise trat ich in das Team von *Mulher* ein.

Mein Schreibtisch stand neben dem Tisch von Sandra Marina, die für das Horoskop verantwortlich zeichnete. Sandra war auch als Marlene Kátia bekannt, dann machte sie Interviews. Sandra war ein blasser, junger Mann mit langem, dünnem Schnurrbart, auch unter dem Namen João Albergaria Duval bekannt. Er hatte vor kurzem die Hochschule für Kommunikationswissenschaften verlassen und jammerte ständig, warum, warum nur habe ich nicht Zahnmedizin studiert?

Ich fragte ihn, ob mir jemand die Leserbriefe auf den Tisch bringe. Er antwortete, ich solle mit Jacqueline in der Postabteilung reden. Jacqueline war ein großer Mulatte mit strahlend weißen Zähnen.

Das macht sich nicht gut, wenn ich hier als einziger keinen Frauennamen habe, dann hält man mich noch für schwul. Briefe? Briefe gibt's keine. Glauben Sie, daß Frauen aus der Unterschicht Briefe schreiben? Elisa hat sich alle ausgedacht.

Lieber Dr. Nathanael Lessa. Ich habe für meine zehnjährige Tochter ein Stipendium in einer vornehmen Schule in der Südzone bekommen. Alle ihre Klassenkameradinnen gehen mindestens einmal in der Woche zum Friseur. Wir haben für so was kein Geld, mein Mann ist Busfahrer der Linie Jacaré-Caju, aber er hat gesagt, er will Überstunden machen, damit unsere kleine Tochter Tânia Sandra zum Friseur gehen kann. Meinen Sie nicht auch, daß man für seine Kinder jedes Opfer bringen muß? Fürsorgliche Mutter. Vila Kennedy.

Antwort: Waschen Sie Ihrer Tochter die Haare mit Kokosseife und drehen Sie sie auf Lockenwickler auf. Das wird genauso wie vom Friseur. Ihre Tochter ist jedenfalls nicht zum Modepüppchen bestimmt. Weder Ihre noch die Tochter von irgend jemand anders. Kaufen Sie von dem Überstundengeld lieber etwas Nützlicheres. Zum Beispiel Lebensmittel.

Lieber Dr. Nathanael Lessa. Ich bin klein, pummelig und schüchtern. Immer wenn ich auf den Markt, in den Lebensmittelladen, zum Gemüsehändler gehe, werde ich beschummelt. Man wiegt mir zu wenig ab, gibt mir zu wenig Geld zurück, verkauft mir Bohnen voller Würmer, verschimmeltes Maismehl und so weiter. Früher habe ich sehr darunter gelitten, aber jetzt habe ich resigniert. Gottes Auge wacht über sie, und beim Jüngsten Gericht werden sie dafür bezahlen. Resignierte Hausfrau. Penha.

Antwort: Gottes Auge wacht über niemanden. Sie müssen sich schon selbst wehren. Mein Vorschlag: Schreien Sie, erzählen Sie es überall herum, schlagen Sie Krach. Haben Sie keinen Verwandten bei der Polizei? Ein Ganove täte es auch. Unternehmen Sie was, Pummelchen.

Lieber Dr. Nathanael Lessa. Ich bin fünfundzwanzig Jahre alt, noch Jungfrau und von Beruf Schreibkraft. Ich habe einen jungen Mann kennengelernt, der sagt, daß er mich sehr liebt. Er arbeitet im Verkehrsministerium und hat gesagt, er will mich heiraten, aber vorher will er ausprobieren. Was halten Sie davon? Jungfrau in Nöten. Parada de Lucas.

Antwort: Paß auf, Jungfrau in Nöten: Frag den Mann, was er machen will, wenn ihm die Probe nicht gefällt. Wenn er sagt, dann schieß ich dich in den Wind, mach es mit ihm, denn dann ist er ehrlich. Du bist weder eine

Johannisbeere noch geschmortes Jilógemüse, das man probiert, aber ehrliche Männer sind rar, ein Versuch lohnt sich also. Nur zu, gib Gas.

Ich ging zum Mittagessen.

Als ich zurückkam, wurde ich zu Peçanha gerufen. Er hielt meine Arbeit in der Hand.

Etwas daran gefällt mir nicht, sagte er.

Und was? fragte ich.

Ach! Mein Gott! Die Vorstellung, die man sich von der Unterschicht macht, stieß Peçanha heraus, wiegte nachdenklich den Kopf, blickte dabei zur Decke und spitzte den Mund wie zum Pfeifen. Mit Schimpfwörtern und Fußtritten behandelt werden, das mögen die Frauen der Oberschicht. Denk an den englischen Lord, der sagte, er habe deshalb bei den Frauen Erfolg, weil er die Ladies wie Huren behandele und die Huren wie Ladies.

Gut. Und wie soll ich unsere Leserinnen behandeln?

Komm mir jetzt nicht mit Dialektik. Du sollst sie nicht wie Huren behandeln. Vergiß den englischen Lord. Bring Freude, Hoffnung, Gelassenheit und Sicherheit in den Briefen zum Ausdruck, das möchte ich.

Sehr geehrter Dr. Nathanael Lessa. Mein Mann ist gestorben und hat mir eine sehr kleine Rente hinterlassen, aber mehr Sorgen macht mir, daß ich mit fünfundfünfzig Jahren allein bin. Als arme, häßliche, alte Frau, die weit draußen wohnt, habe ich Angst vor dem, was auf mich zukommt. Einsame Frau aus Santa Cruz.

Antwort: Prägen Sie sich in Ihrem Herzen ein, Einsame Frau aus Santa Cruz: Weder Geld noch Schönheit noch Jugend noch eine gute Anschrift machen glücklich. Wieviele reiche, schöne, junge Menschen nehmen sich das Leben oder geraten auf die grauenhaften Abwege des Lasters? Das Glück steckt in uns selbst, in unseren Herzen. Wenn wir gut und gerecht sind, finden wir das Glück.

Seien Sie gut, seien Sie gerecht, lieben Sie Ihren Nächsten wie sich selbst, lächeln Sie dem Mann der Versicherungskasse zu, wenn Sie Ihre Pension abholen.

Am nächsten Tag rief Peçanha mich zu sich und fragte, ob ich auch den Photoroman schreiben könne. Wir produzieren unsere eigenen Photoromane, das sind keine übersetzten italienischen *fumetti*. Überleg dir einen Namen.

Ich entschied mich für Clarice Simone, zwei anderen Personen zu Ehren, aber das behielt ich für mich.

Der Photograph der Photoromane kam zu mir.

Mein Name ist Monica Tutsi, sagte er, aber du kannst mich mit Agnaldo anreden. Hast du die Sülze fertig?

Die Sülze war der Roman. Ich erklärte ihm, ich sei gerade erst von Peçanha beauftragt worden und brauche mindestens zwei Tage zum Schreiben.

Tage? Ha, ha, ha, lachte er, und er hörte sich an wie ein großer Hund, der heiser und wohldressiert seinen Herrn anbellt.

Was ist daran so komisch? fragte ich.

Norma Virginia hat jede Folge in einer Viertelstunde geschrieben. Der hatte ein festes Muster.

Das habe ich auch. Dreh mal eine Runde und komm in einer Viertelstunde wieder, dann hab' ich deinen Roman fertig.

Wofür hielt mich eigentlich dieser blöde Photograph? Daß ich Polizeireporter gewesen war, hieß doch noch lange nicht, daß ich ein Dummkopf war. Wenn Norma Virginia oder wie er sich sonst genannt hatte, einen Roman in einer Viertelstunde schrieb, konnte ich das auch. Schließlich hatte ich sämtliche tragischen Griechen, die Ibsens, die O'Neals, die Becketts, die Tschechows, die Shakespeares und die four hundred best television plays gelesen. Ich brauchte nur eine Idee hier zu stibitzen, eine da und fertig.

Ein reicher Junge wird von Zigeunern geraubt und gilt

als tot. Der Junge wächst in dem Glauben auf, ein echter Zigeuner zu sein. Eines Tages lernt er ein steinreiches Mädchen kennen, und sie verlieben sich ineinander. Sie lebt in einer Prachtvilla und besitzt viele Autos. Der kleine Zigeuner lebt in einem Pferdewagen. Ihre beiden Familien wollen nicht, daß sie heiraten. Es kommt zu Konflikten. Die Millionäre lassen die Zigeuner von der Polizei festnehmen. Ein Zigeuner wird von der Polizei getötet. Ein reicher Cousin des Mädchens wird von den Zigeunern umgebracht. Aber die Liebe des jungen Paares ist stärker als all diese Widrigkeiten. Sie beschließen, durchzubrennen und mit ihren Familien zu brechen. Auf der Flucht begegnen sie einem mitleidigen, weisen Mönch, der ihrer Verbindung in einem alten, pittoresken und romantischen Kloster mitten in einem grünen Wald den Segen gibt. Das junge Paar zieht sich in das Brautgemach zurück. Sie sind beide wunderschön, schlank, blond und blauäugig. Sie ziehen sich aus. Oh, sagt das Mädchen, was ist das für eine Goldkette mit einem brillantenbesetzten Medaillon auf deiner Brust? Sie hat genauso eins! Sie sind Geschwister! Du bist mein Bruder, der verschwunden ist! schreit das Mädchen. Sie fallen sich in die Arme. (Aufgepaßt, Monica Tutsi: wie wär's mit einem zweideutigen Ende? Ich kann das Ende auch umschreiben und es sophokleischer gestalten: Die beiden stellen erst nach vollzogenen Tatsachen fest, daß sie Geschwister sind; verzweifelt springt das Mädchen aus dem Klosterfenster und zerschmettert auf dem Boden.)

Deine Geschichte gefällt mir, sagte Monica Tutsi.

Eine Prise Romeo und Julia, ein Löffelchen Ödipus, sagte ich bescheiden.

Aber photographieren kann ich das nicht, mein Junge. Ich muß alles in zwei Stunden erledigen. Wo soll ich die

Prachtvilla hernehmen? Und die Autos? Das pittoreske Kloster? Den grünen Wald?

Das ist dein Problem.

Und wo soll ich, fuhr Monica Tutsi fort, als habe er mich nicht gehört, die beiden schlanken, blonden, blauäugigen jungen Leute hernehmen? Unsere Schauspieler sind alle eher Mulatten. Wo soll ich den Pferdewagen hernehmen? Schreib was anderes, Junge. Ich komm in 'ner Viertelstunde wieder. Und was bedeutet sophokleisch?

Roberto und Betty sind verlobt und wollen heiraten. Roberto, der sehr fließig ist, hat Geld gespart, um davon eine Wohnung zu kaufen und sie mit allem Drum und Dran auszustatten: Farbfernseher, Stereoanlage, Eisschrank, Waschmaschine, Bohnermaschine, Mixer, Küchenmaschine, Geschirrspülmaschine, Toaster, Bügeleisen und Föhn. Betty arbeitet auch. Beide sind keusch. Das Aufgebot ist bestellt. Tiago, ein Freund von Roberto, fragt ihn, willst du etwa unerfahren in die Ehe gehen? Du mußt in die Geheimnisse des Sex eingeführt werden. Also nimmt Tiago Roberto mit zu der Superhure Betatron. (Achtung, Monica Tutsi, der Name ist eine Prise Science Fiction.) Als Roberto zu der Superhure kommt, stellt er fest, daß die Superhure seine Braut Betty ist. Allmächtiger Himmel! Entsetzliche Überraschung! Irgend jemand, vielleicht ein Portier, sagt, leiden macht groß. Ende des Photoromans.

Ein Wort sagt so viel wie tausend Photos, sagte Monica Tutsi, ich bin immer der Angeschmierte. Ich komm' nachher wieder.

Sehr geehrter Dr. Nathanael. Ich koche gern. Ich sticke und häkele auch sehr gern. Und am liebsten ziehe ich mir ein langes Abendkleid an, male mir die Lippen karmesinrot, lege kräftig Rouge auf und tusche mir die Wimpern. Oh, was für ein schönes Gefühl! Zu schade, daß ich in meinem Zimmer eingeschlossen bleiben muß. Kein Mensch weiß, daß ich diese Dinge gern mache. Tue ich unrecht? Pedro Redgrave. Tijuca.

Antwort: Unrecht? Wieso? Tun Sie damit irgend jemandem etwas Böses? Ich bin schon einmal von einem Mann um Rat gefragt worden, der sich genau wie Sie gern als Frau kleidete. Er führte ein normales, produktives und für die Gesellschaft nützliches Leben und brachte es sogar zum Vorbildlichen Arbeiter. Ziehen Sie ihre langen Kleider an, malen Sie Ihren Mund scharlachrot, bringen Sie Farbe in Ihr Leben.

Die Briefe müssen alle von Frauen sein, mahnte Peçanha.

Aber der hier ist echt, sagte ich.

Das glaube ich nicht.

Ich reichte Peçanha den Brief. Er sah ihn mit einem Gesichtsausdruck an wie ein Polizist, der einen plump gefälschten Geldschein prüft.

Meinst du, da hat sich einer einen Scherz erlaubt? fragte Peçanha.

Vielleicht ja, antwortete ich. Vielleicht auch nicht.

Peçanha machte sein nachdenkliches Gesicht. Dann sagte er: Setz in deiner Antwort noch einen ermunternden Satz dazu, wie zum Beispiel, schreiben Sie mir wieder.

Ich setzte mich an die Maschine:

Schreiben Sie mir wieder, Pedro, ich weiß zwar, daß Sie nicht so heißen, aber das macht nichts, schreiben Sie wieder. Sie können auf mich zählen. Nathanael Lessa.

Verdammt, sagte Monica Tutsi, ich wollte dein Melodrama machen, da hat man mir gesagt, es wäre aus einem italienischen Film geklaut.

Diese Kanaillen, diese Knallköpfe, nur weil ich Polizeireporter gewesen bin, beschimpfen die mich als Plagiator.

Nur keine Aufregung, Virginia.

Virginia? Ich heiße Clarice Simone, sagte ich. Das ist ja wohl der größte Blödsinn, zu glauben, daß nur die Verlobten von Italienern Huren sind! Hör zu, ich hab' sogar schon eine richtig seriöse Braut gekannt, die war sogar 'ne mildtätige Nonne, und was stellte sich dann raus? Die war auch 'ne Hure.

Ist gut, Junge, ich photographier die Geschichte. Kann die Betatron eine Mulattin sein? Was bedeutet Betatron?

Sie muß rothaarig sein, mit Sommersprossen. Betatron ist ein Apparat zur Herstellung von Elektronen, der über ein großes Energiepotential und hohe Geschwindigkeit verfügt und durch ein sich rasch veränderndes Magnetfeld angetrieben wird, sagte ich.

Verdammt! Das nenn' ich einen Namen für eine Hure, sagte Monica Tutsi voller Bewunderung und ging.

Verständnisvoller Nathanael Lessa. Ich habe meine langen Kleider mit Genuß angezogen. Und mein Mund ist so rot gewesen wie das Blut eines Tigers und die anbrechende Morgenröte. Ich überlege, ob ich mir ein Satinkleid anziehe und in die Oper gehe. Was meinen Sie? Und jetzt werde ich Ihnen etwas Großartiges, Wunderbares anvertrauen, aber ich möchte, daß Sie mein Geständnis absolut geheimhalten. Versprochen? Ach, ich weiß nicht, ob ich es sagen soll. Ich habe mein Leben lang die größten Enttäuschungen erlebt, weil ich an die anderen geglaubt habe. Im Grunde bin ich ein Mensch, der sich seine Unschuld bewahrt hat. Falschheit, Dummheit, Schamlosigkeit, Gewöhnlichkeit schockieren mich ungemein. Ach, wie gern würde ich allein in einer utopischen Welt leben, die nur aus Liebe und Güte besteht. Lieber, einfühlsamer Nathanael, lassen Sie mich nachdenken. Geben Sie mir Zeit. Im nächsten Brief werde ich mehr erzählen, vielleicht alles. Pedro Redgrave.

Antwort: Pedro, ich erwarte Ihren Brief mit Ihren Geheimnissen und verspreche, sie in den unverbrüchlichen Geheimfächern meines verborgenen Bewußtseins zu bewahren. Bleiben Sie, wie Sie sind, begegnen Sie mit Stolz dem Neid und der heimtückischen Verleumdung der Armen im Geiste. Schmücken Sie Ihren nach Sinnlichkeit dürstenden Körper, stehen Sie zu den Herausforderungen ihres mutigen Geistes.

Peçanha fragte: Sind diese Briefe auch echt?

Der von Pedro Redgrave ja.

Merkwürdig, sehr merkwürdig, sagte Peçanha und klopfte sich mit den Fingernägeln auf die Zähne. Was meinst du dazu?

Ich meine gar nichts, antwortete ich.

Irgend etwas schien ihn zu beschäftigen. Er stellte Fragen über den Photoroman, zeigte jedoch kein Interesse an den Antworten.

Wie findest du den Brief von der Blinden? fragte ich.

Peçanha nahm den Brief von der Blinden und meine Antwort und las laut: Lieber Nathanael. Ich kann nicht lesen, was Sie schreiben. Meine heißgeliebte Großmutter liest es mir vor. Aber denken Sie jetzt nicht, ich sei Analphabetin. Ich bin nur blind. Meine liebe Großmutter schreibt diesen Brief für mich, aber es sind meine Worte. Ich möchte Ihren Lesern ein Wort des Trostes sagen: Sie alle, die so sehr unter kleinen Kümmernissen leiden, mögen sich in meinem Spiegel betrachten. Ich bin blind, aber glücklich, ich lebe in Frieden mit Gott und mit meinesgleichen. Ich wünsche allen Menschen Glück. Es lebe Brasilien und sein Volk. Glückliche Blinde, Estrada do Unicórnio, Nova Iguaçu. P. S. Ich habe vergessen zu sagen, daß ich auch gelähmt bin. Peçanha zündete sich eine Zigarre an. Ergreifend, aber Estrada do Unicórnio klingt falsch.

Schreib lieber Estrada do Catavento oder so was ähnliches. Und jetzt laß mal deine Antwort sehen. Glückliche Blinde, ich beglückwünsche Sie zu Ihrer moralischen Kraft, Ihrem unbeugsamen Glauben an das Glück, das Gute, das Volk und Brasilien. Jene, die an den Widrigkeiten des Lebens verzweifeln, sollten ihre Seele an Ihrem erbaulichen Beispiel laben, an dieser leuchtenden Fackel in Nächten der Not.

Peçanha gab mir die Blätter zurück. Du könntest Schriftsteller werden. Das hier ist eine großartige Schule. Schön weiterlernen, fleißig sein, nicht nachlassen, bis dir der Schweiß herunterrinnt.

Ich setzte mich an die Maschine.

Tésio, Bankangestellter, wohnhaft in Boca do Mato, Lins de Vasconcelos, in zweiter Ehe verheiratet mit Frederica, hat aus erster Ehe einen Sohn Hipólito. Frederica verliebt sich in Hipólito. Tésio entdeckt die sündige Liebe der beiden. Frederica hängt sich am Mangobaum im Garten ihres Hauses auf. Hipólito bittet den Vater um Verzeihung, läuft von zu Hause weg und irrt verzweifelt durch die Straßen der grausamen Stadt, bis er in der Avenida Brasil überfahren wird und stirbt.

Was ist hier der Pep? fragte Monica Tutsi.

Euripides, Sünde und Tod. Ich will dir mal was sagen: Ich kenne die menschliche Seele und brauche keinen alten Griechen zur Inspiration. Ein Mann meiner Intelligenz und Sensibilität braucht sich nur umzusehen. Sieh mir in die Augen. Hast du schon mal einen Menschen gesehen, der aufmerksamer und wacher ist als ich?

Monica Tutsi sah mir in die Augen und sagte: Ich glaube, du bist verrückt.

Ich fuhr fort: Ich zitiere die Klassiker nur, um mein Wissen zu demonstrieren. Da ich Polizeireporter gewesen bin, würden diese Idioten mich sonst nicht respektieren. Ich habe Tausende von Büchern gelesen. Was meinst du, wieviele Bücher Peçanha gelesen hat?

Kein einziges. Kann Frederica eine Schwarze sein?

Gute Idee. Aber Tésio und Hipólito müssen Weiße sein.

Nathanael. Ich liebe, eine unerlaubte Liebe, eine verbotene Liebe, eine heimliche Liebe, eine verstohlene Liebe. Ich liebe einen anderen Mann. Und er liebt mich auch. Aber wir können nicht auf der Straße Hand in Hand gehen wie die anderen, uns nicht in Parkanlagen und im Kino küssen wie die anderen, nicht Arm in Arm am Strand liegen wie die anderen, nicht in Bars tanzen wie andere Leute. Wir können nicht heiraten wie andere Leute und nicht gemeinsam Alter, Krankheit und Tod entgegensehen, wie andere Leute. Ich habe keine Kraft mehr, Widerstand zu leisten und zu kämpfen. Es ist besser, ich sterbe. Adieu. Dieses ist mein letzter Brief. Lassen Sie eine Messe für mich lesen. Pedro Redgrave.

Antwort: Aber Pedro! Jetzt, da Sie Ihre große Liebe gefunden haben, wollen Sie aufgeben? Oscar Wilde hat Höllenqualen gelitten, er ist verhöhnt, lächerlich gemacht, gedemütigt, vor Gericht gebracht und verurteilt worden, aber er hat durchgehalten. Wenn Sie nicht heiraten können, leben Sie so zusammen! Schreiben Sie Ihr Testament, der eine zugunsten des anderen. Wehren Sie sich. Nutzen Sie das Gesetz und unser System für sich aus. Seien Sie egoistisch, hinterhältig, unerbittlich, intolerant und heuchlerisch wie die anderen. Beuten Sie andere aus. Übervorteilen Sie andere. Das ist Notwehr. Aber bitte, begehen Sie keine Wahnsinnstat.

Ich schickte den Brief und die Antwort zu Peçanha. Die Briefe wurden nur veröffentlicht, wenn er sie abgezeichnet hatte.

Monica Tutsi kam mit einem Mädchen zu mir.

Das hier ist Monica, sagte Monica Tutsi.
Ach, so ein Zufall, sagte ich.
Wieso, was ist ein Zufall? fragte das Mädchen Monica.
Daß ihr beide so heißt, sagte ich.
Heißt er Monica? fragte Monica, auf den Photographen deutend.
Monica Tutsi. Heißt du auch Tutsi?
Nein. Monica Amélia.
Monica Amélia kaute auf einem Fingernagel und sah Monica Tutsi an.
Du hast aber gesagt, du heißt Agnaldo, sagte sie.
Ja, draußen heiße ich Agnaldo. Hier drinnen bin ich Monica Tutsi.
Und ich heiße Clarice Simone, sagte ich.
Monica Amélia musterte uns kritisch und begriff überhaupt nichts. Sie sah zwei verdächtige, zum Spaßen viel zu erschöpfte und an ihrem eigenen Namen desinteressierte Menschen vor sich.
Wenn ich mal heirate, nenne ich meinen Sohn oder meine Tochter Hey Psst, sagte ich.
Ist das ein chinesischer Name? fragte Monica.
Oder auch Fiu Fiu, flötete ich.
Du wirst allmählich zum Nihilisten, sagte Monica Tutsi und verließ mit der anderen Monica den Raum.
Lieber Nathanael, wissen Sie, was es bedeutet, wenn zwei Menschen sich gern haben? So war es bei uns, Maria und mir. Wissen Sie, was es bedeutet, wenn zwei Menschen vollkommen harmonieren? So war es bei uns, Maria und mir. Mein Lieblingsgericht war Reis, schwarze Bohnen, Kohl nach Minas-Art, Maniokmehl und gebratene Schweinswürstchen. Und was aß Maria am liebsten? Reis, schwarze Bohnen, Kohl nach Minas-Art, Maniokmehl und gebratene Schweinswürstchen. Meine Lieblingsedelsteine waren Rubine. Und die von Maria waren, man höre

und staune, auch Rubine. Als Glückszahl die 7, als Farbe Blau, als Tag Montag, als Film Wildwestfilme, als Buch *Der kleine Prinz*, als Getränke Bier vom Faß, als Matratze die Marke Anatom, als Fußballverein Vasco da Gama, als Musik Samba, als Zeitvertreib die Liebe, alles stimmte bei uns haargenau überein, einfach toll. Was wir alles im Bett angestellt haben, Junge, ich will ja nicht prahlen, aber wären wir gegen Eintritt im Zirkus aufgetreten, wären wir reich geworden. Kein Paar dieser Welt ist je von einem solchen Wahnsinnsrausch besessen gewesen, hat je seine Nummer so geschickt, einfallsreich, originell, ausdauernd, glanzvoll und befriedigend ausgeführt wie wir. Und wir machten es mehrmals am Tag. Aber es war nicht nur das, was uns verband. Ich würde dich auch weiter lieben, wenn du nur ein Bein hättest, sagte sie zu mir. Auch wenn du bucklig wärst, ich würde dich trotzdem lieben, antwortete ich. Auch wenn du taubstumm wärst, ich würde dich weiter lieben, sagte sie. Auch wenn du schielen würdest, ich würde dich trotzdem lieben, antwortete ich. Ich würde dich auch weiter lieben, wenn du einen Bauch hättest und häßlich wärst, sagte sie. Auch wenn du von oben bis unten voller Pockennarben wärst, würde ich dich trotzdem lieben, antwortete ich. Ich würde dich auch weiter lieben, wenn du alt und impotent wärst, sagte sie, und als wir uns das mal wieder alles gegenseitig schworen, überkam mich auf einmal das Verlangen, so heftig wie ein Faustschlag, konkret zu werden, und ich fragte sie, und wenn ich keine Zähne hätte, würdest du mich dann auch lieben? Und sie antwortete, auch wenn du keine Zähne hättest, würde ich dich weiter lieben. Da nahm ich mein Gebiß heraus und legte es mit einer ernsten, feierlichen und metaphysischen Geste auf das Bett. Eine Weile lang blickten wir beide auf das Gebiß auf dem Laken, dann stand Maria auf, zog ein Kleid an und sagte, ich gehe Zigaretten kaufen. Sie ist bis heute nicht zurückgekommen. Nathanael, erklären Sie mir, was eigentlich passiert ist. Kann Liebe so plötzlich enden? Sind ein paar Zähne, so ein paar jämmerliche Stückchen Elfenbein, so viel wert? Odontos Silva.

Ich wollte gerade antworten, da erschien Jacqueline und sagte, Peçanha wolle mich sprechen.

In Peçanhas Zimmer befand sich ein Mann mit Brille und Spitzbart.

Das hier ist Dr. Pontecorvo, seines Zeichens – was sind Sie doch noch? fragte Peçanha.

Motivationsforscher, sagte Pontecorvo. Wie ich gerade sagte, machen wir zuerst eine Erhebung der charakteristischen Merkmale des Bereichs, den wir untersuchen. Zum Beispiel: Wer ist der Leser von *Mulher*? Angenommen, es ist eine Frau und sie stammt aus der Unterschicht. In früheren Untersuchungen haben wir bereits sämtliche Daten über die Unterschichtenfrau zusammengetragen, wo sie ihre Lebensmittel kauft, wieviele Slips sie besitzt, um wieviel Uhr sie Liebe macht, um wieviel Uhr sie fernsieht, welche Sendungen sie sieht, kurzum, ein vollständiges Porträt.

Wieviele Slips hat sie denn? fragte Peçanha.

Drei, antwortete Pontecorvo wie aus der Pistole geschossen.

Und um wieviel Uhr macht sie Liebe?

Um 21 Uhr 30, antwortete Pontecorvo prompt.

Und wie finden Sie das alles heraus? Klopfen Sie bei Dona Aurora im Wohnblock vom Sozialen Wohnungsbau an der Tür, und wenn sie aufmacht, sagen Sie, guten Tag, Dona Aurora, um wieviel Uhr machen Sie gewöhnlich ihr Fickerchen? Hören Sie, mein Freund, ich bin seit fünfundzwanzig Jahren in diesem Geschäft, und ich brauche niemanden, der mir sagt, wie die Frau der Unterschicht aussieht. Das weiß ich aus eigener Erfahrung. Diese Frauen kaufen nämlich meine Zeitung, verstehen Sie? Drei Slips ... Ha!

Wir arbeiten mit wissenschaftlichen Forschungsmethoden. Wir haben in unserem Staff Soziologen, Psychologen, Anthropologen, Statistiker und Mathematiker, sagte Pontecorvo unerschütterlich.

Alles nur, um naiven Leuten Geld abzuknöpfen, bemerkte Peçanha mit unverhohlener Verachtung.

Ach, übrigens, ehe ich herkam, habe ich ein paar Informationen über Ihre Zeitung eingeholt, die Sie sicherlich interessieren werden, sagte Pontecorvo.

Kostet wieviel? fragte Peçanha sarkastisch.

Das gebe ich Ihnen umsonst, antwortete Pontecorvo. Der Mann schien aus Eis zu sein. Wir haben eine Minierhebung über Ihre Leser gemacht, und obwohl es sich um eine kleine Stichprobe handelt, kann ich Ihnen mit absoluter Gewißheit versichern, daß die große Mehrheit, fast die Gesamtheit ihrer Leserschaft aus Männern der Mittelschicht besteht.

Wie bitte? schrie Peçanha.

Ganz richtig, Männer, aus der Mittelschicht.

Erst wurde Peçanha bleich. Dann verfärbte er sich rot und anschließend lila, als würde er gerade erwürgt, sperrte den Mund auf, riß die Augen auf, erhob sich von seinem Stuhl und bewegte sich schaukelnd, wie ein verrückter Gorilla, mit ausgebreiteten Armen auf Pontecorvo zu. Ein schockierender Anblick, auch für einen so stahlharten Mann wie Pontecorvo, selbst für einen ehemaligen Polizeireporter. Pontecorvo wich vor dem sich nähernden Peçanha zurück, bis er mit dem Rücken an der Wand stand und bemüht, Ruhe und Haltung zu bewahren, sagte: Vielleicht haben unsere Mitarbeiter sich ja geirrt.

Peçanha, nur noch einen Zentimeter von Pontecorvo

entfernt, bekam einen heftigen Zitteranfall, und entgegen aller Erwartung stürzte er sich nicht wie ein tollwütiger Hund auf den anderen. Er packte sich selbst bei den Haaren und riß sie sich büschelweise aus, während er Heuchler, Betrüger, Diebe, Schmarotzer, Lügner, Halunken schrie. Pontecorvo entwand sich ihm geschickt in Richtung Tür, während Peçanha hinter ihm her rannte und mit den Haarbüscheln, die er sich selbst ausgerissen hatte, nach ihm warf. Männer! Männer! Mittelschicht! schnaubte Peçanha mit rasendem Blick.

Dann, als wieder Ruhe eingekehrt war – Pontecorvo war, glaube ich, über die Treppe geflohen – und Peçanha erneut hinter seinem Schreibtisch saß, sagte er zu mir: Dieser Sorte von Leuten ist Brasilien ausgeliefert, Leuten, die Statistiken manipulieren, Informationen verfälschen, mit ihren Computern andere täuschen, und alle bauen mit an der Großen Lüge. Aber bei mir können die nicht landen. Dem Schurken hab' ich es aber gegeben, was?

Ich antwortete irgend etwas Zustimmendes. Peçanha holte die Kiste mit den billigen Zigarren aus der Schublade und bot mir eine an. Wir rauchten und redeten über die Große Lüge. Dann gab er mir den Brief von Pedro Redgrave und meine von ihm abgezeichnete Antwort, um sie in den Satz zu bringen.

Auf dem Weg dahin merkte ich, daß der Brief von Pedro Redgrave nicht derjenige war, den ich ihm vorgelegt hatte. Da stand etwas anderes:

Lieber Nathanael, Ihr Brief war Balsam für mein bedrängtes Herz. Er hat mir Kraft gegeben, Widerstand zu leisten. Ich werde keine Wahnsinnstat begehen, ich verspreche, daß ...

Damit endete der Brief. Er war mittendrin abgebrochen worden. Merkwürdig. Ich begriff nicht. Irgend etwas stimmte da nicht.

Ich ging an meinen Schreibtisch, setzte mich und begann, die Antwort an Odontos Silva zu schreiben:

Wer keine Zähne hat, hat auch keine Zahnschmerzen. Und wie sagte doch der Held des bekannten Theaterstücks *Leeres Geschwätz:* Noch kein Philosoph hat je Zahnschmerzen mit Gleichmut ertragen können. Außerdem sind Zähne auch Werkzeuge der Rache, wie das Deuteronomium sagt: Auge um Auge, Zahn um Zahn, Hand um Hand, Fuß um Fuß. Zähne werden von Diktatoren geringgeschätzt. Erinnern Sie sich noch, was Hitler zu Mussolini über eine neue Begegnung mit Franco sagte? Lieber lasse ich mir vier Zähne ziehen. Sie fürchten, Sie befinden sich in der gleichen Situation wie der Held in dem Theaterstück *Alles okay* wenn am Ende keiner dran glauben muß – keine Zähne, kein Geschmack, gar nichts mehr. Mein Rat: Setzen Sie Ihre Zähne wieder ein und beißen Sie zu. Wenn es kein ordentlicher Biß wird, schlagen und treten Sie.

Ich war mitten in dem Brief an Odontos Silva, da wurde mir alles klar. Peçanha war Pedro Redgrave. Statt mir den Brief zurückzugeben, in dem Pedro mich bat, eine Messe für ihn lesen zu lassen, den ich ihm zusammen mit meiner Antwort vorgelegt hatte, in der ich von Oscar Wilde sprach, hatte Peçanha mir, bestimmt aus Versehen, einen neuen, noch nicht fertigen Brief gegeben, der mir eigentlich mit der Post hätte zugestellt werden sollen.

Ich nahm den Brief von Pedro Redgrave und ging zu Peçanhas Zimmer.

Kann ich hereinkommen? fragte ich.

Was ist? Komm rein, sagte Peçanha.

Ich reichte ihm den Brief von Pedro Redgrave. Peçanha las den Brief, und als er begriff, welches Versehen ihm passiert war, wurde er bleich, wie es seine Art war. Nervös wühlte er zwischen den Papieren auf seinem Schreibtisch.

War alles nur ein Scherz, sagte er dann, während er versuchte, eine Zigarre anzuzünden. Bist du jetzt verärgert?

Ob Ernst oder Scherz, ist mir gleich, sagte ich.

Über mein Leben könnte man einen Roman schreiben ..., sagte Peçanha. Das bleibt aber unter uns, ja?

Ich wußte nicht so genau, was unter uns bleiben sollte, daß man über sein Leben einen Roman schreiben konnte oder daß er Pedro Redgrave war. Aber ich antwortete: Klar, hundertprozentig.

Danke, sagte Peçanha. Und stieß einen Seufzer aus, der jedem Menschen das Herz erweicht hätte, nur einem ehemaligen Polizeireporter nicht.

Mit aller Gewalt

Mir ging's reichlich dreckig, weil ich keine Arbeit fand und ich war sauer, weil ich Mariazinha auf der Tasche lag, die Schneiderin war und gerade so viel Knete ranschaffte, daß es kaum für sie und ihre Tochter reichte. Nicht mal abends im Bett war's mehr schön, sie mit ihren Fragen, hast du was gefunden, hast du heute mehr Glück gehabt, und ich mit meinem Gejammer, daß keiner einem wie mir mit so einer Vorstrafenlatte Arbeit geben wollte; nur Ganoven wie der Porquinho, für den ich heiße Ware aus Bolivien holen sollte, aber bei der Geschichte konnte ich in den Knast wandern, die Bullen brauchten mich nur zu schnappen, und ich kriegte meine zwanzig Jahre. Und der Porquinho antwortete, wenn du dich lieber weiter von der Schneiderin aushalten lassen willst, ist das dein Problem. Der verdammte Kerl wußte nicht, wie's da drin ist, der hatte noch nie gesessen; fünf Jahre waren es gewesen, und wenn ich daran dachte, kam's mir vor, als hätte ich mein Leben lang, von klein an, nichts gemacht als hinter Gittern sitzen, und mit solchen Gedanken im Kopf ließ ich mir gefallen, daß der Porquinho mich vor zwei Lahmärschen lächerlich machte und kam vor Haß und Scham fast um. Und am selben Tag sagte, als ich nach Hause kam, zu allem Übel auch noch Mariazinha zu mir, daß sie etwas Ernstes mit mir zu besprechen hätte, daß ihre Kleine einen Vater brauchte und daß ich mich zu Hause nicht sehen ließe, und daß das Leben schwer und schlimm wäre und daß sie mich um Erlaubnis bitten wollte, sich einen anderen Mann zu suchen, einen, der arbeitete und ihr half. Ich war immer den ganzen Tag weg, weil ich mich schämte, das mitanzusehen, wie sie sich pausenlos an der Nähmaschine abplagte und ich kein Geld und keine Arbeit hatte, und am liebsten hätte ich dem verdammten Weibsstück eine gelangt, aber sie hatte ja recht, und ich sagte, du hast recht, und sie fragte, ob ich sie nicht verprügeln würde, und ich sagte, nein, und sie fragte, ob sie mir was zu essen machen sollte, und ich sagte, nein, ich habe keinen Hunger, und der Hunger war mir wirklich vergangen, obwohl ich den ganzen Tag nichts zu beißen gehabt hatte.

Ich machte mich auf Arbeitssuche, war bereit, alles zu machen, so lange es keinen Ärger mit den Bullen brachte, aber es war nicht einfach. Ich ging auf den Markt, zu den Blutspendestellen, überallhin, wo immer mal ein bißchen was anfällt, ging von Tür zu Tür und bot mich als Putzmann an, aber die Leute waren alle mißtrauisch und wollten Empfehlungen haben, und Empfehlungen hatte ich nur eine vom Gefängnisdirektor. Die Sache sah finster aus, und ich war schon kurz vorm Durchdrehen, da traf ich einen Kumpel, der hatte mit mir als Türsteher in einer Bar in Copacabana gearbeitet und sagte, er wüßte einen, der so einen stämmigen und draufgängerischen Kerl wie mich brauchte. Ich verschwieg, daß ich im Knast gewesen war, sagte, ich hätte mich in São Paulo amüsiert und wär' jetzt zurück, und er sagte, ich nehm' dich jetzt da mit hin. Als wir zu der Bar kamen, stellte mein Kumpel mich dem Besitzer vor, und der fragte, hast du so was schon gemacht? Ich antwortete, ja, und er fragte, ob ich Leute von der Polizei kenne und ich sagte, ja, allerdings waren die auf der einen Seite gewesen und ich auf der anderen, aber das sagte ich ihm nicht, und der Besitzer sagte, ich will keinen Waschlappen, das ist 'ne rauhe Gegend hier, und ich sagte, keine Sorge, wann soll ich anfangen, und er antwortete, gleich heute; spinnige Schwule, Farbige und Dealer kommen nicht rein, klar?

Ich beeilte mich, nach Hause zu kommen und Mariazinha die gute Nachricht zu bringen, aber sie ließ mich gar nicht zu Wort kommen und sagte gleich, daß sie einen Mann gefunden hätte, der wär' anständig und fleißig und Tischler im Laden von einem Juden in der Rua do Catete und daß er sie heiraten wollte. Verdammte Scheiße. In mir wurde alles leer, und Mariazinha sagte, tja, mit deiner Vergangenheit kriegst du nie 'ne Arbeit, so lange wie du gesessen hast, und der Hermenegildo ist ein guter Mensch, und dann sagte sie noch mehr gute Sachen über den Mann, den sie sich gesucht hatte; ich hörte mir das alles an und warum, weiß ich nicht, ich glaube, ich wollte Mariazinha schonen, jedenfalls erzählte ich ihr nicht, daß ich endlich eine Arbeit gefunden hatte, die Arme hatte bestimmt schon die Nase voll von mir. Ich sagte nur, daß ich mit diesem Hermenegildo reden wollte, und sie bat, nein, bitte nicht, er hat Angst vor dir, weil du gesessen hast, und ich antwortete, Angst hat der, verdammt, Mitleid müßte der haben, und jetzt gib mir die Adresse von dem Kerl.

Er arbeitete in einem Möbelladen, und als ich hinkam, erwartete er mich zusammen mit zwei Kollegen, und ich merkte, daß sie alle Angst hatten und Holzknüppel in Reichweite lagen, und ich sagte, schick deine Kollegen weg, ich will in Ruhe mit dir reden, und die beiden gingen weg, und er erzählte mir, daß er aus Ceará wär' und ehrlich und fleißig und deshalb auch eine ehrliche, fleißige Frau heiraten wollte und daß er Mariazinha gern hätte und sie ihn. Wir gingen in die Kneipe, nachdem er den Isac um Erlaubnis gefragt hatte, und da stand nun dieser verdammte Kerl, eigentlich hätte ich ihn totschlagen müssen, aber ich war ja dabei, meine Frau an ihn abzutreten, verdammte Scheiße.

Ich kam zurück zu Mariazinha. Sie hatte meine Sachen zu einem Bündel gepackt, kein großes Bündel, und ich klemmte es mir unter den Arm. Mariazinha hatte ihr Haar zusammengebunden und ein Kleid an, das ich gern mochte, und das Herz tat mir weh, als ich ihr die Hand drückte, aber ich sagte nur, mach's gut.

Ich lief mit dem Bündel unterm Arm durch die Stadt, vertrieb mir die Zeit und ging dann zu der Nachtbar. Der Besitzer besorgte mir einen dunklen Anzug und einen Schlips und schickte mich vor die Tür. Ich stand da, an die Tür gelehnt, das war weniger anstrengend, da kam eine Tunte daher in Frauenkleidern mit Perücke, Schmuck, Lippenstift, falschem Busen und dem ganzen Getue, und ich sagte, Sie kommen hier nicht rein, Madame. Madame? Stell dich nicht blöd, du Trottel, sagte sie und verzog verächtlich den Mund. Bemühen Sie sich nicht, Sie kommen wirklich nicht rein, sagte ich und blieb vor der Tür stehen. Weißt du, mit wem du redest? fragte die Tunte. Ich sagte, nein, Senhora, das interessiert mich auch nicht, und wenn Sie die Mutter des Jahres sind, Sie kommen hier nicht rein. Ich glaube, während dieses Palavers hat wohl jemand den Besitzer gerufen, denn er erschien in der Tür und sagte zu dem Mistkerl, entschuldigen Sie, der Portier hat Sie nicht erkannt, entschuldigen Sie, treten Sie doch bitte ein, das war nur ein Mißverständnis – und übertrieben höflich bat er den Schwulen hinein und begleitete die Tunte in die Bar hinein. Dann kam er zurück und sagte mit nicht gerade freundlichem Gesicht, ich hätte ein hohes Tier nicht reinlassen wollen. Für mich ist ein Transvestit ein Transvestit, und daß ich die nicht reinlassen soll, haben Sie mir selbst gesagt, erwiderte ich. Verdammt, sagte der Besitzer, wo hast du eigentlich deinen Job gelernt? Weißt du etwa nicht, daß es in hohen Ämtern Schwule gibt und daß man die nicht wegschicken darf? Sieh zu, daß du deinen Grips etwas anstrengst, nur weil du hier als Türhüter stehst, mußt du ja nicht so ein Esel sein. Mal sehen, ob ich's richtig verstanden habe, sagte ich stinksauer, weil er zu dem Scheißkerl Sie gesagt und mich als Esel bezeichnet hatte, mal sehen, ob ich's richtig verstanden habe, Schwuchteln schick' ich alle weg, nur wenn sie Ihre Freunde sind, dann nicht, aber das Problem dabei ist, wie krieg' ich raus, ob das Ihre Spezis sind, oder? Und außerdem, fuhr ich fort, warum dürfen die anderen Schwulen, die keine großen Tiere sind, nicht rein? Die sind auch Kinder Gottes, und noch was, wer was gegen Schwule hat, der hat in Wirklichkeit Angst, es selbst zu werden. Der Besitzer sah mich erschrocken und wütend an und schnaubte zähneknirschend, wir sprechen uns noch. Mir war gleich klar, daß der Halunke mich, wenn die Bar zumachte, rauswerfen und ich wieder auf der Straße sitzen würde. Verdammte Scheiße.

Immer mehr Leute kamen, das Ding war eine Goldgrube, die Welt war voller Trottel, die jeden Dreck schluckten, Hauptsache, er war teuer. Aber um an so viel Geld zu kommen, mußten diese Typen irgendeinen übers Ohr hauen, vielleicht ja diesen verdammten Trottel hier, zu Ihren Diensten, vielen Dank.

Es war wohl gegen drei Uhr, und die Tische drinnen waren alle besetzt, die Tanzfläche voll von Leuten, die Musik dröhnte, da kam der Kellner zur Tür und sagte, der Chef will dich sprechen. Der kann mich mal, sagte ich, ging aber hinter dem Kellner her. Der Besitzer des Lokals saß an der Bar, zeigte auf einen Tisch und sagte, der Mann da benimmt sich ungehörig, setz den raus. Von weitem erkannte ich schon, das war so einer, der ab und zu mal 'nen Anfall kriegt und den wilden, unbezwingbaren Makker markiert, aber in Wirklichkeit nur ein Waschlappen ist, der den kleinen Mädchen imponieren will, und da war sie auch, die Kleine, hielt den großen Mann am Arm fest, und er spielte ihr blutrünstige Raserei vor und warf ein paar Stühle um. Solche Typen kenne ich, davon hatte ich schon einen ganzen Haufen rausgesetzt, als ich damals Türsteher war, denen muß man nur an den Anzug greifen, da braucht man gar nicht viel Kraft, die gehen gleich, reden zwar laut, protestieren, drohen, machen aber überhaupt keine Arbeit, Nulpen sind das, mehr machen die nicht, und am nächsten Tag erzählen sie ihren Freunden, daß sie die Bar auf den Kopf gestellt und mich nur deshalb nicht zusammengeschlagen haben, weil die Kleine sie dran gehindert hat. Da mußte ich an den Lokalbesitzer denken und daß ich tatsächlich rausgesetzt würde, verdammte Scheiße, ich hatte es satt, mich zur Sau machen zu lassen, und jetzt hatte ich diesen Prachtpalast voll mit Lampen und Spiegeln vor mir, den man kurz und klein schlagen konnte, und so eine Gelegenheit sollte ich mir entgehen lassen? Ich sagte zu dem Blödmann, nur um ihn zu reizen, na, bißchen nervös? Du und die Nutte da, seht zu, daß ihr verduftet. Und was machte der Schwächling? Er steckte doch tatsächlich die Beleidigung ein und schlich sich raus! Zum Glück sah ich am Nachbartisch drei kräftige Kerle, die mich anstarrten und ganz wild drauf waren, mir an die Hose zu gehen, und ich sagte schnell zu dem Häßlichsten von ihnen, was glotzt du so, willst du eine gelangt haben? Und um sie zu einer Entscheidung zu zwingen, verpaßte ich der Frau, die neben ihnen saß, eine Ohrfeige mitten auf die Birne. Da ging's aber los mit der Schlägerei, als hätte der Blitz eingeschlagen, auf einmal prügelten sich wohl zehn Leute, mancher kriegte auch zufällig was ab und mischte sich in den Streit ein, ich rannte in die Bar, und nicht eine Flasche blieb übrig, die Lampen gingen zu

Bruch, das Licht ging aus, ein irrer Tumult, und als es vorbei war, standen nur noch die gemauerten Wände heil da. Nachdem die Polizei gekommen und wieder gegangen war, sagte ich zu dem Besitzer, du bezahlst meine Krankenhausrechnung und den Zahnarzt auch, ich glaub', ich hab' bei dieser Schlägerei drei Zähne verloren, fast umgebracht hab' ich mich, um dein Lokal zu schützen, ich hab' mir eine Zulage verdient, und die möchte ich, wenn ich's mir recht überlege, sofort haben. Sofort. Der Lokalbesitzer saß, dann stand er auf, ging zur Kasse, holte ein Päckchen Geldscheine und gab es mir. Ich nahm mein Bündel und ging. Verdammte Scheiße.

Pierrot aus der Höhle

Es gibt Menschen, die geben sich nicht der Leidenschaft hin, sie sind so apathisch, daß sie sich für die Routine entscheiden und dann wie ein »Hase in einem Kaninchenstall« dahinvegetieren, wie mein Vater immer sagte. Mich hingegen hält die lauernde Gefahr der Leidenschaft lebendig und ihre Begleiterscheinungen Liebe, Haß, Lust, Barmherzigkeit. Ich trage ein Tonbandgerät über der Schulter. Ich will nur sprechen, und was ich sage, wird niemals zu Papier gebracht, und deshalb brauche ich mich nicht um jenen gewählten Stil zu bemühen, den die Kritiker so loben, obwohl er doch nur geduldige Feilarbeit ist. Da ich nicht weiß, wie die Worte sich auf dem Papier ausmachen, habe ich keine Vorstellung mehr davon, welches Tempo sie haben, wie sie zusammenhängen, ob sie sich vertragen. Aber das ist für die Geschichte unerheblich. Irgend jemand beobachtete mich hinter der Tür. Regina erwiderte, das würde ich mir bloß einbilden; das Ehepaar, das dort wohnte, arbeitete außer Haus und ihre einzige Tochter war tagsüber in der Schule. Als Regina gegangen war und ich in meine Wohnung zurückkam klingelte das Telephon, und wie immer hüllte er oder sie sich in Schweigen, dichtes, geheimnisvolles Schweigen, das mich bedrohte und immer unheilvoller wurde. Ich schrie: Glaubst du vielleicht, ich hätte Angst vor dir? Maria Augusta konnte es nicht sein, vor ihr hätte ich niemals Angst. Als wir uns trennten, habe ich ihr die

Wohnung und sämtliche Möbel, Bilder, Bücher, alles überlassen. Aber das ist schon lange her oder vielmehr noch gar nicht lange her, aber ich habe schon alles so weit weggeschoben, daß ich, gäbe es nicht die Bücher, schon gar nicht mehr wüßte, daß sie existiert. In der Zeitung habe ich gelesen, daß sie in London einen Pädophilen-Verband gegründet haben und daß seine Mitglieder am Gründungstag von einer erregten Menge, vor allem Frauen, tätlich angegriffen wurden. Ich erzähle das Regina, als sie mich anruft, um wie üblich zu fragen, ob ich sie liebe. Ich sage ihr, sie soll an den Nebenapparat denken, aber es besteht keine Gefahr, er ist im Bad, und wir sagen beide mehrmals, ich liebe dich, und verabreden uns für den nächsten Tag. Dann lege ich mich auf das Sofa und denke nach. Als Junge habe ich oft getan, als ginge ich schlafen, damit ich ungestört nachdenken konnte. Die Erwachsenen werden unruhig, wenn ein Kind still ist und nachdenkt. Noch heute liege ich, so wie früher, die ganze Nacht oder einen guten Teil der Nacht wach und denke nach. Manchmal über Dinge, die ich erlebt habe, so wie den Hahnenkampf, den ich neulich gesehen habe. In einer Kampfpause zog der Züchter seinem Hahn einen Sporn heraus, der sich ihm in die Brust gebohrt hatte, und schickte ihn wieder in den Kampf, obwohl ihm Blut aus der Wunde lief und auf seinen Beinen Adern hervortraten, die unablässig zitterten; der Hahn kämpfte mit dem Tod, und der Mann nahm Wetten gegen ihn an, dabei wußte er genau, daß er verlieren würde. Als ich dann ging, dachte ich daran, ein Gedicht zu machen und darin den Tod des Tieres als Symbol zu verwenden. Alle Kunst ist symbolisch, aber wäre es nicht besser, symbolhafter, über Menschen zu schreiben, die sich umbringen? Daß mich die Affen beißen. Schließlich entschied ich mich dafür, eine Novelle zu schreiben; darauf komme ich vielleicht nachher noch zurück. Ich sagte, ich hätte Maria Augusta sämtliche Bücher überlassen, aber das stimmt nicht ganz, wir einigten uns, die Bücher zu teilen, und sie sollte ihre zuerst aussuchen. Aber das hat Maria Augusta nie getan. Und deshalb gehe ich hin und wieder zu ihr und hole mir ein Buch. Unsere Begegnungen werden von Mal zu Mal unangenehmer. Beim letzten Mal verhehlte sie nicht, wie lästig ihr mein Anblick war. Sie trug ein langes Kleid und Schmuck, als wolle sie irgendwohin; erst nach einer Weile forderte sie mich auf, hereinzukommen, und ich begriff sofort, weshalb. Im Wohnzimmer saß ein Mann mit blassem und, obwohl säuberlich rasiert, am Bart bläulich schimmerndem Pausbackengesicht; er war modisch gekleidet, das Hemd aus französischem Voile auf der Brust offen, um den Hals eine dicke Goldkette mit einer Riesenmünze, und er roch parfümiert. Er hieß Fernando, hatte polierte Fingernägel und geschliffene Manieren und fragte, ob ich gerade an etwas schreibe. Diese Frage wird uns ständig gestellt, uns Schriftstellern, als ob wir niemals zu schreiben aufhörten; aber das tun wir sehr wohl, und manchmal schießen wir uns deshalb eine Kugel in den Kopf. Ich antwortete, das Thema des Buches, an dem ich gerade schreibe, sei Pädophilie. Eigentlich wollte ich sagen, was mir der Reihe nach in den Kopf kam: es sei ein Buch über die Zerstörung Amazoniens; es sei über einen Wunderheiler, der die Leute über Fernsehen betrüge; über eine armselige Migrantenfamilie, die obdachlos durch Rio de Janeiro ziehe; über Hahnenkämpfe. Aber heraus kam Pädophilie. Maria Augusta merkte, daß Fernando die Bedeutung des Wortes nicht kannte und erklärte spitz, es gehe dabei um erotisches Interesse an Kindern, und es sei ein zusammengesetztes griechisches Wort, ursprünglich ohne perverse Konnotationen. Ich mußte über Fernandos Unwissenheit lächeln, und das ärgerte Maria Augusta.

Was ist los mit dir, fragte sie sarkastisch, du bist noch kahler und grauhaariger geworden, siehst richtig alt aus, geht es dir gesundheitlich nicht gut? Wir sahen uns feindselig und erbarmungslos an, wie man sich ansieht, wenn man sich nicht mehr liebt. Das muß wohl das Alter sein, erwiderte ich, das schlimmste aller Gifte. Maria Augusta legte sich die Hand auf den Hals, wo ihrer Meinung nach die Zeit die größte Verwüstung an ihrem Körper anrichtete, und fragte ungeduldig nach dem Grund meines Besuches. Ich nahm die Bücher, die ich haben wollte, und ging. Nachts wälzte ich mich schlaflos im Bett, doch zufrieden damit, allein und wach und unumschränkter Herr über meine Gedanken zu sein. Das Telephon klingelte mehrmals, und ich schrie, geh zum Teufel!, und er oder sie hüllte sich am anderen Ende in Schweigen. Alectrionon agones, Alectoromachie. An den Tagen, an denen Regina schnell wieder nach Hause mußte, trieben wir es auf dem Sofa. Wenn man über gewisse Dinge oder eine bestimmte Sache nachgedacht hat, muß man sein Leben verändern. Ich dachte an Sofia, und mir ging das goldene Kettchen nicht aus dem Kopf, das sie am Fußgelenk trug, ein diabolisches Ding. Als wir uns im Flur trafen, wurde ihr Gesicht sehr blaß, meins ganz bestimmt genau so. Mir war, als löste sich meine Seele, falls ich überhaupt eine habe, von mir und stiege wie eine überwältigende Flamme zum Himmel auf. Was macht die Schule?, fragte ich. Oh, mein Gott, sofern es Gott überhaupt gibt, das war keine griechische Urne, sondern der Inbegriff des Menschen und nichts von seiner Hand Geschaffenes. Sie hielt die Fahrstuhltür auf und fragte, ob ich runterfahren wollte. Nein, nein, ich wollte nicht runterfahren. Ein goldenes Kettchen um das Fußgelenk. Wer war das doch, der mit fünfzig meinte, seine Kreativität sei erschöpft, er sei alt und am Ende? Ein Schriftsteller wie ich, oh, dieses Gift! In

Athen gab es das Gesetz, daß jedes Jahr auf Staatskosten ein Hahnenkampf im Theater veranstaltet werden mußte, zur Erinnerung an die Rede, die Themistokles vor der Schlacht von Salamis über den Wert seiner Mitbürger gehalten hatte. Athener! Seid ihr bereit, zur Verteidigung von Vaterland und Freiheit ebenso erbittert zu kämpfen wie diese Tiere, die sich allein wegen der Lust am Sieg umbringen? War das ein Rahmen, wie er dem aufgeblasenen Liebhaber meiner Ex-Frau gepaßt hätte? Was mochte Maria Augusta an so einem platten Menschen finden? Wie mochten die beiden im Bett sein, war er stark genug, sie in seine Arme zu pressen, daß ihr die Knochen weh taten, sowohl der Körper als auch der Geist, so wie sie es liebte? Sie zu beißen, und das nicht nur mit den Zähnen? Unsere zweite Begegnung fand in meiner Wohnung statt. Sofia trug ein weißes Kleid, und ihre schwarzen Haare waren mit einem ebenfalls weißen Band zusammengebunden, und das Kettchen glänzte an ihrem Fußgelenk. Sie legte einen Finger auf den Mund, ich solle still sein. Ich fing an zu zittern und fragte flüsternd, was los sei. Es war Sonntag und ihre Eltern schliefen länger und sie hatte schon immer meine Wohnung sehen wollen. Ich war wie erstarrt, vielleicht läßt sich mit diesem Wort am besten beschreiben, was ich angesichts Sofias in meiner Wohnung empfand. Alles ging ganz schnell, ich nahm weder logisch noch mit dem Verstand wahr, was sich eigentlich abspielte, so als wäre ich von ihrer wunderbaren Nähe doppelt betäubt, und das war ich auch. Anschließend ging sie und nahm Bücher und Schallplatten mit. Sie war es, die mich hinter der Tür beobachtete, denn sie ging selten zur Schule; wie das möglich war, weiß ich nicht, vielleicht log sie. Sofia sagte auch noch, daß sie mich nie anrufe, folglich war sie nicht der psychopathische Anrufer, aber das wußte ich auch schon. Daß mich die Affen beißen. Von da an ging

Sofia mir nicht mehr aus dem Kopf, auch nicht, als Regina mit ihrem glutvollen, parfümierten, geschmeidigen Körper und ihren blöden bürgerlichen Geschichten kam. Ich brannte darauf, über Sofia zu sprechen, aber ich wußte, daß dies mit Regina nicht ging, und deshalb sprach ich über andere Dinge, die, wie Regina mir später klar machte, Verdrängungsmetaphern meiner gewundenen Gedankengänge waren. Severino Borges, vierundvierzig Jahre alt, wohnhaft in der Favela Parque da Alegria in São Cristóvão, Rio de Janeiro, Tischler, war ein feinfühliger und hilfsbereiter Mann. Ich kann nichts Nachteiliges über Severino sagen, sagte der Vorsitzende der Vereinigung der Bewohner von Parque da Alegria, denn er war immer sehr still und hat hier niemandem je etwas Böses getan, ganz im Gegenteil, er hat für fast alle umsonst Tischlerarbeiten gemacht. Ich wußte, daß er diese Krankheit hatte, aber wieviele Fälle es waren, weiß ich nicht.

Ich habe von weitem zugesehen, wie sie ihn verprügelt haben, sagte Maria da Penha, die in der Favela wohnte, sie haben so auf ihn eingedroschen, daß ich Mitleid bekam, auch als er schon umgefallen war, haben sie ihn weiter getreten und gestoßen und mit dem Stock geschlagen, bis er gestorben ist. Wenn er das mit der Schwester von Lucinha gemacht hätte, die zwölf Jahre alt ist, dann, glaube ich, hätten die Leute ihn nicht verprügelt, aber Lucinha ist erst acht. Regina hörte sich alles schweigend an, und dann fragte sie mich, ob ich an irgendeinem kleinen Mädchen Interesse hätte. Ich antwortete, daß die Liebe für die geistige Entwicklung des Menschen notwendig sei, daß Sex an sich gut und harmlos sei, ein wichtiger Bestandteil der ästhetischen und geistigen Erfahrung, so wie die Freude an Musik oder Gedichten. Weich meiner Frage nicht aus, sagte Regina, neulich hast du mir erzählt, ein siebzigjähriger Mann habe ein zwölfjähriges Mädchen geheiratet, und ich habe mich gewundert, daß du dich dafür interessierst, und genauso habe ich mich über dein Interesse an diesem Kerl gewundert, der in Israel zu einer Gefängnisstrafe verurteilt worden ist, weil er sexuelle Beziehungen zu einem ebenfalls zwölfjährigen Mädchen hatte. In Wirklichkeit hatten die Richter seine Behauptung als bewiesen erachtet, er sei von ihr verführt worden. Ich konnte mich dieser vulkanartigen Leidenschaft nicht entziehen, hatte er gesagt.

Den ganzen Nachmittag über diskutierten Regina und ich, und zum ersten Mal schliefen wir nicht miteinander. Ordnung und Fortschritt, wie es auf unserer Fahne steht. Als das Telephon klingelte, nahm ich ab und wehrte mich gegen den schweigenden Angriff des Anrufers mit einer Kanonade von Beleidigungen und Beschimpfungen, die Regina für indirekt an sich gerichtet hielt, was sie noch trauriger stimmte. Zehn Jahre Analyse, um diese geistige Struktur aufzulösen? Sofias Hautfarbe ist so lilienweiß wie die Haut der klassischen Romanheldinnen, eine tiefweiße Lilie, Schichten von Weiß übereinander, ein abgrundtiefes Weiß. Wie das Weiß meines Traumes, ein Traum, in dem es weder Menschen noch Handlung noch Gegenstände gibt, nur die Farbe Weiß und die Farbe Schwarz, alles beginnt im Traum mit tiefer Finsternis, und in der Dunkelheit ist nichts zu erkennen. Plötzlich wird alles hell, aber in dieser blendenden Helligkeit ist auch nichts zu erkennen. Ich sehe den Menschen viel auf den Mund. Meine erste Freundin hatte einen bläulichen Stiftzahn mitten im Mund und wollte mir auf dem Zementfußboden des Basketballplatzes das Tanzen beibringen; sie hatte einen kleinen, weichen, nachgiebigen Bauch, war leichtfüßig, schwitzte am Hals und drückte mich an die Wand, wobei sie ihre Beine mit Gewalt zwischen meine preßte. Mich interessiert weder dein Traum noch dieses Pummelchen, sagte Regina. Ich fragte, ob ich ihr schon von der brasilianischen Fahne erzählt hätte, und sie antwortete, sie kenne alle meine Marotten, zumindest die alten, und sie interessiere nur, welches Geheimnis ich vor ihr verberge. Regina sagte, wir seien zum erstenmal zusammen gewesen, ohne Liebe zu machen, und sie habe Angst, das sei ein verhängnisvolles Zeichen. Daß mich die Affen beißen. Ordnung und Fortschritt. Und das Telephon klingelte: Sag mal, du Feigling, hast du wirklich nichts Besseres zu tun? Vor der Schreibmaschine sitzend versuchte ich, Kraft zu sammeln, um meine Trägheit zu überwinden. Vielleicht ein apophthegmatischer und aposiopetischer Satz: Nichts geht in der Natur verloren, nichts wird neu geschaffen. Ich konnte nur schreiben, wenn ich dabei Musik hörte, und ich hatte Lust, das Konzert für Oboe in E-Dur von Corelli zu hören, aber ich fand die Platte nicht, wahrscheinlich war sie bei dieser Megäre, wie auch meine Bücher. Ich liebe die Oboe, das Englisch Horn, das Fagott, Doppelrohrblattinstrumente erweichen mein Herz. Also versuchte ich, bei Béla Bartók zu schreiben, und das kam dabei heraus: Die Menschen stellten sich in zwei Reihen im Sand am Strand auf, ungefähr zweihundert schweigende Männer und Frauen und Kinder, in der Mehrzahl Frauen, und warteten ehrfürchtig auf das Erscheinen des Wunderheilers. Eine leichte Brise wehte vom Meer her; es war fünf Uhr nachmittags an einem Karfreitag. Mehr nicht. Irgend etwas bei Bartók hemmt meine Motivation. Die Kunst ist voll von kleinen Mädchen, die reifen Männern den Kopf verdrehen, so bei Malle, bei Nabokov, bei Kierkegaard, bei Dostojewski. Dostojewski verführte ein nicht einmal zwölfjähriges Mädchen und erzählte es Turgenjew, der dem keine Bedeutung beimaß. Sein Vergehen findet sich in *Schuld und Sühne* in Swidrigailow projiziert und in *Die Besessenen* in Stawrogin, zwei pädophilen

Vergewaltigern. Szene aus dem Tagebuch eines Verführers: Das Mädchen steigt aus der Kalesche und läßt ein Stückchen von ihrem Bein sehen, und ich, Kierkegaard, verliebe mich bis über beide Ohren. Ordnung und Fortschritt. Ich traf Sofias Mutter im Fahrstuhl, eine dünne Frau, so eine, die zum Mittagessen einen Joghurt mit einem Cream Cracker ißt und sich zweimal am Tag auf die Badezimmerwaage stellt. Sie sah mich unverhohlen an, bis ich ihren Blick auf die gleiche Weise erwiderte und sie sich mit den Worten vorstellte, sie würde sich freuen, wenn ich ihr eines meiner Bücher signierte oder auch zwei, falls das nicht zuviel verlangt sei. Ihr letztes Buch hat mich sehr zum Nachdenken angeregt, sagte sie mit singender Stimme wie manche Fernsehschauspielerinnen in einem tiefen, emotionslosen Tonfall; ich will versuchen, sie zu imitieren: Schreiben Sie gerade an irgend etwas? Ach, Sie sind es leid, über die Liebe zu schreiben? Die Liebe wird man nicht leid, das müßten Sie als Schriftsteller doch wissen. Später klopfte sie überraschend an meine Tür, hatte zwei Bücher unter dem Arm und bat mich, sie zu signieren. Ihr Mann war zum Fußball gegangen. Ich habe es eilig, schrieb ich. Eilig womit? Da ich die Tochter nicht haben konnte, nahm ich mir die Mutter. Ich will mir Mühe geben, es so schnell wie möglich zu machen, sagte Eunice mit ermunterndem Lächeln. Die gelangweilten epikureischen Bourgeois tun so, als lebten sie in einer guten, poetischen Welt, in der alle mit allen ins Bett gehen. Aus der Maschine: Sie, die Hähne, beginnen im Alter von ein bis zwei Jahren zu kämpfen, fressen Knoblauch, Mais, Zwiebeln, gekochte Eier, rohes Fleisch, Einreibungen mit Alkohol und Ammoniak härten ihre Haut, damit sie den lederüberzogenen Spornen, den Knochenspornen, den Metallspornen, der tödlichen Waffe Nummer Eins standhalten. Jahrhundertealter Stammbaum. Ein königliches

Vergnügen zu Zeiten von Heinrich VIII. Ich vermute, auch das war eine der von den Historikern nicht gewürdigten unüberwindbaren Differenzen zwischen Morus und ihm. Daß mich die Affen beißen. Ich würde niemals unüberwindbare Differenzen schreiben. Ich sage gern, daß mich die Affen beißen, weil mein Vater das herausdonnerte, wenn er verblüfft war. Warum Affen und nicht Skorpione oder Schlangen oder Hunde, die ihn doch viel eher hätten beißen können? Das habe ich nie herausbekommen, mein Vater war ein geheimnisvoller Mann. Ordnung und Fortschritt stammt von mir selbst. Regina und Sofia hatten die gleiche Haut, die gleichen Haare, das gleiche Dunkellicht des Körpers. Aber Eunice war sonnengebräunt. Ich glaube, ich habe alles begriffen, sagte Eunice, man darf keine Zeit verlieren. Wenn ich ehrlich sein soll, bin ich kein Zyniker, kann nicht ironisch, sarkastisch sein, ich bin schüchtern und stolz, aber mein Stolz ist keine Arroganz und kein Hochmut, nur Selbstachtung. Ich wußte, daß ich mich für Eunice nur so lange interessieren würde, wie sie für mich neu, anders war, und daß sie dies nur ein paar Stunden lang schaffen würde; so lange würde ich Verlangen nach ihr haben, sie reizvoll finden. Aus der Maschine: Zu Jesu Ruhm und Ehre!, sagte der Wunderheiler, und die Frau, deren Bein so dick angeschwollen war, daß sie nicht mehr das Haus in Ordnung halten konnte, sah sich fortan die Betstunden im Fernsehen an, bis sie eines Tages unvermittelt aufstand und feststellte, daß sie geheilt war. Unsere Schwester ist geheilt, sagte der Wunderheiler, sie hat an die unendliche Güte Jesu geglaubt, an die Kraft seiner Wunder, an die Macht des Gebetes, an den Glauben. Laßt uns beten: Glorreicher Gott, glorreicher Vater, unsere Tausende und Abertausende von Fernsehzuschauern warten auf Heilung ihrer entsetzlichen Leiden, im Namen Jesu gebiete ich, daß die bösartigen Krankheiten kraft der Barmherzigkeit und des Erbarmens aus ihren Körpern weichen, o Jesus, gesegneter Vater, befreie dieses Volk, das dem Himmlischen Notdienst so sehr geholfen hat. Bilder von Jesus, vom Wunderheiler, Sphärenklänge, die glücklichen Gesichter der Leidenden. Eunice hatte etwas Quälendes für mich. Sie war immer angespannt und bedrückt; kalt war der Schweiß ihres nackten Körpers, nur beim Orgasmus spürte ich, daß sie ihre Anspannung überwand, aber gleich darauf verkrampfte sich ihr Gesicht wieder, und sie fing an zu weinen. Die Initiative war nicht von mir ausgegangen; nachdem ich ihr die Bücher signiert hatte, war sie verlegen mitten im Wohnzimmer stehengeblieben, und ich hatte gesagt, machen Sie es sich bequem, und sie hatte nach dem Schlafzimmer gefragt. Ich empfand Mitleid mit ihr, ärgerte mich aber auch über das Alkoven-Theater, das sie bei den wenigen Begegnungen, die wir hatten, unweigerlich inszenierte, vielleicht weil ich im allgemeinen nicht unter diesen kurzen, flüchtigen Schuldgefühlen leide. Mit Eunice ins Bett zu gehen, war wie mit allen anderen Frauen so etwas wie eine Reise in eine unbekannte Stadt: Anfangs nimmt man alles wach und interessiert wahr, aber nach einiger Zeit überqueren wir die Straße und sehen nichts mehr, und falls doch, empfinden wir nichts, wie ein Postbote beim Austragen der Briefe. Oh, das schlimmste aller Gifte! Am liebsten möchte ich das Band zurückspulen und die Aufnahme abhören, aber ich weiß, wenn ich das tue, breche ich den Bericht über diese Ereignisse ab. Auf jeden Fall werde ich das Band, wenn ich alles draufgesprochen habe, in den Müll werfen Ich könnte niemals über wahre Begebenheiten aus meinem Leben schreiben, nicht nur, weil daran, wie im übrigen bei den meisten Schriftstellern, nichts außergewöhnlich oder interessant ist, sondern auch, weil mir schon allein bei dem

Gedanken unwohl wird, irgend jemand könnte mein Innerstes kennenlernen. Natürlich könnte ich die Fakten als Fiktion tarnen und von der ersten in die dritte Person wechseln, mir etwas Dramatisches oder Komisches mit dazu ausdenken etc. Das nämlich machen viele Schriftsteller, und vielleicht erklärt dies, warum ihre Literatur so langweilig ist. Nehmen wir mal mein Leben in den letzten drei Monaten. Ich versuche, eine Erzählung über Hahnenkämpfe zu schreiben, außerdem noch zwei andere, auf die ich noch zu sprechen komme, und bemühe mich, sämtliche Frauen zu vernaschen, die in meine Nähe kommen. Das reicht selbstverständlich nicht, um daraus ein gutes Stück Fiktion zu komponieren.

Das Spezialpapier, auf dem ich immer schreibe, erstanden bei Casa Mattos, liegt auf dem Tisch, und die Geschichte ist bereits in meinem Kopf fertig: Der Protagonist ist ein mächtiger Boß der Unterwelt (Glücksspiel, Drogen, Schmuggel und Prostitution) und sein Hahn unbesiegbar (hundertjähriger Stammbaum), weshalb er ganze Vermögen auf ihn setzt und sogar Wetten von zehn zu eins anbietet. Der Gegenspieler ist ein armer Hahnzüchter aus der Baixada Fluminense und sein Hahn unbekannt, doch hält er ihn aufgrund seiner langen Erfahrung für unschlagbar. Der Alte kann Freunde und Verwandte überreden, sich zu einer großen Wette gegen den mächtigen Boß zusammenzutun. Es wird ein mörderischer Kampf, denn die Hähne sollen mit Silbersporen kämpfen, der Waffe Nummer Eins. Um meinem Ruf als Schriftsteller und meinen eigenen Ansprüchen Genüge zu tun, muß die Erzählung eine Allegorie für Ehrgeiz, Hochmut und Hartherzigkeit werden. Und jetzt frage ich: Für wen denke ich mir eigentlich ständig solche verlogenen Geschichten über Anständigkeit und Tiefgründigkeit aus? Für meine Zeitgenossen? Aber die verachte ich alle, ich habe keinen einzigen Freund und meine Bekannten sehe ich nie, meine Verleger habe ich ein einziges Mal vor drei Jahren getroffen, wir verständigen uns per Brief. Die einzigen regelmäßigen Kontakte, die ich pflege, sind die Kontakte zu den Frauen, zu denen ich eine Liebesbeziehung unterhalte. Aber auch für sie webe ich nicht mein Gespinst aus Lügen, Übertreibungen und Ausflüchten, von ihnen bewundert zu werden ist nicht mein Wunsch. Ich begehre zwanghaft alle Frauen, die mir über den Weg laufen, und rationalisiere es so: die eine ist hübsch, die andere sympathisch, die nächste ist Dichterin, die eine ist gut und anständig, die andere die Mutter des Mädchens, das ich liebe. Etc. Was habe ich in diesen drei Monaten gemacht? Gegessen, geschlafen, ein paar Bücher gelesen, ferngesehen, bin ins Kino gegangen, habe mich mit drei Frauen eingelassen, lauter Sachen, die keinen Menschen interessieren, nicht mal mich selbst, und trotzdem erzähle ich das alles einem elektronischen, viereckigen, batteriebetriebenen Kasten. Aber darüber schreiben könnte ich nie. Ich werde über die Entstehung der Wüste in Amazonien dank des Raubbaus durch den Menschen schreiben, über die atomare Bedrohung, über soziale und ökonomische Ungerechtigkeit. Aber auf diese transzendentalen Wahrheiten wird das Papier noch ein bißchen warten müssen. Jetzt will ich weiterreden, vielleicht wird mir dieses Spielzeug ja bald langweilig. Regina und Eunice ödeten mich an, ich war reif für Sofia, wartete auf sie, ich wußte, daß sie kommen würde, so wie man weiß, wann es Tag werden wird, gerade einen Moment vor Anbruch der Helligkeit. Sie kam in ihrem kurzen blauen Schulrock, der ihre makellosen Beine zur Schau stellte. Wir saßen uns in meiner Wohnung gegenüber und sprachen kein Wort, bis sie dann fragte: Mama ist fünfunddreißig Jahre alt, du bist älter, stimmt's? Ich war auch älter als ihr Vater. Während sie

Coca-Cola trank, sagte Sofia, wenn man so wie ich den ganzen Tag im Haus verbringe, bekomme man gar nicht mit, was draußen in der Welt passiere. Die Menschen seien ziemlich verrückt, das passiere da draußen, fuhr Sofia fort. Ich wußte, daß es an diesem Tag sein würde, ich fühlte mich wie ein Mönch im Bann von Spektralhalluzinationen, und mein Mund war trocken, mein Gott, sie war erst zwölf Jahre alt, ihr heißer Atem strömte mir in die Nase, und wie in Ekstase sah ich ihren Körper sich offenbaren, ihre kleinen runden Brüste, den straffen Bauch, von dem ein dünner Strich schwarzer Härchen hinabführte zu dem dichten dunklen Schamhaar, in dem ich wie in einem Brunnen, in einem dunklen Abgrund von Lust und Begierde versank. Später fragte Sofia, ob das Blut auf dem Laken von ihr sei. Und sie fragte auch, ob der Orgasmus so etwas wie eine Agonie sei. Mir kam es vor, als sei alles ein Traum gewesen, der ganze Körper kribbelte mir wie eingeschlafen, und mein Kopf schien in Myriaden winzigster Teilchen zerplatzt zu sein, die wie dichtes Gas in der Luft schwebten, und da begriff ich, was der chinesische Dichter meinte, als er sagte, der Geist sei eine weitläufige, schwimmende Wolke. Es hat überhaupt nicht wehgetan, sagte Sofia, es war schön, eines Tages mußte es ja passieren, nicht? Ordnung und Fortschritt. Ich verliebte mich in Sofia, wie ich mich noch nie in meinem ganzen Leben voller stürmischer Liebesabenteuer verliebt hatte. Sie war ein sehr reines Wesen, wenn sie zur Toilette ging, bat sie mich, dabei zu sein und mit ihr zu reden, denn das löse ihre Verstopfung, was tatsächlich von da an täglich geschah. Ich hätte nie geglaubt, daß ich eine auf einer Toilettenschüssel sitzende Frau schön finden könnte, aber so war es. Maria Augusta und Regina hatten mir nie erlaubt, sie in dieser Situation zu sehen. Sofia und ich verbrachten Stunden damit, uns eingehend zu erforschen, die Protosprache des Körpers zu entdecken. Sofias Haut war an After und Vagina schwarz, dunkler noch als die üppigen Haare, die ihre Scham bedeckten und sich über die Gesäßspalte bis zum Rücken hinaufzogen. Lustvoll betrachtete ich jedes Fleckchen ihres Körpers und strich leicht mit dem Finger darüber, und sie machte das gleiche mit mir; sie strich mein Gesicht mit Honig ein, und ich strich ihr Gesicht ein, dann gingen wir ins Bett und leckten uns gegenseitig den Honig vom Gesicht. Woher hatte sie all dieses ursprüngliche Wissen? Ich liebte Sofia, ich liebte Sofia. Ich liebe Sofia!, rief ich aus dem Fenster, am Strand, wenn die Leidenschaft so stark wurde, daß sie sich nicht mehr bändigen ließ. Ich war sehr glücklich. Von nun an mied ich Regina und Eunice. Ich erfuhr, daß Sofias Eltern tranken, es kam häufig vor, daß sie sich abends vor dem Fernseher betranken und nicht merkten, daß ihre Tochter sie mit ein klein wenig Mitleid und sehr viel Verachtung beobachtete. Ich überredete Sofia, wieder zur Schule zu gehen. Unsere Treffen fanden vormittags statt oder auch abends, wenn ihre Eltern schon schliefen. Sofia wollte, wenn sie groß war, sehr reich werden, die Reichen in ihrer Vorstellung waren ähnlich wie bei Fitzgerald – unerschütterlich, distanziert, selbstlos, nie erregten sie sich oder wurden aufgebracht, sie ärgerten sich nicht, brausten nicht auf, waren höflich, heiter, aufmerksam, galant. Was mich betraf, so waren die Reichen, die ich kennengelernt hatte, gewinnsüchtig, gierig, besitzergreifend, geizig und lüstern. Sofia wußte nicht, was aufgebracht werden heißt. Ich erklärte ihr, das sei das gleiche wie gereizt werden. Sofia sagte, ich rede zu viel, wozu dieses ganze Gequatsche? Nur weil du Schriftsteller bist, brauchst du noch lange nicht so zu reden. Komisch, zwischen oralem und verbalem Register besteht eine gewisse Entsprechung, aber ich würde niemals weder sich erregen noch aufgebracht werden schreiben, gesprochen geht das ja noch, aber geschrieben wäre es affektiert und blöde, wie Sofia richtig bemerkt hatte. Belletristik produzieren zu wollen ist genau so schlimm wie kohärent sein zu wollen. Ich bin jede Woche, jeden Tag anders, ich bin widersprüchlich, grob und feinfühlig, grausam und großzügig, verständnisvoll und erbarmungslos. Dieses Geständnis würde ich nie schriftlich machen, das gäbe nur viel Lärm um Belanglosigkeiten. Sofia fragte mich, wie das Kind, falls wir eines bekämen, heißen sollte. Du bekommst kein Kind, erwiderte ich. Das weiß ich nicht. Nein, du bekommst keins. Das weiß ich nicht. Daß mich die Affen beißen. Seit zwei Monaten hatte sie keine Menstruation mehr. Ich rief in einem Labor an, und man sagte mir, ich solle vom ersten Urin am Morgen eine Probe hinbringen. Ergebnis des Schwangerschaftstests: Name: Sofia. Untersuchung: Immunologischer Schwangerschaftstest. Resultat: positiv. Anm.: Unter Anwendung des Prognostikons Organon. Ich dachte, du wärst zu alt und ich zu jung dafür, daß wir ein Kind bekommen könnten. Schwanger! Verdammt! Daß mich die Affen beißen! Ich suchte Zuflucht bei den Dichtern, dachte an Selbstmord, ein alter Gedanke. Warum bekommen unsere Zähne eigentlich Karies? Mein Zahnarzt würde über diese Frage bestimmt lachen. Drei Frauen teilten sich meinen Körper, mein wahres Zuhause, drei Frauen verlangten von mir, ein guter Gastgeber zu sein und ihnen ihre Wünsche zu erfüllen. Ordnung und Fortschritt. Ich habe nie ein Kind gehabt und lehne diese Art von Versklavung auch ab. Ich kannte einen Menschen namens José de Alencar, er wollte Schriftsteller werden, aber bei seinem Namen ging das nicht. Zwei José de Alencar sind zuviel, sagte er, während wir an einem heißen Tag, an dem so viele Leute auf der Straße waren, daß es unmöglich war, etwas schneller zu gehen, in der Stadt zu

Mittag aßen. José de Alencar besaß einen Gebrauchtwagenhandel, aber ich vermutete, daß er Schwarzhändler war. Das Gesetz ist dazu da, dich zu schikanieren, sagte er, und deshalb kenne ich sämtliche Tricks, das Gesetz zu umgehen. Es gibt eine Klinik in Botafogo, die ist phantastisch, das Mädchen geht rein, kommt wieder raus und leidet nicht die Spur, fast wie ein Besuch bei der Kosmetikerin, und dann erst zwei Monate, da ist das ein Kinderspiel. Bing, bing, er stieß mit seinem Glas an meins, keine Sorge, der Preis ist akzeptabel, frag nach der Oberschwester Dona Moema, du kannst dich auf mich berufen, ich bin da Stammkunde. Und dann erzählte er von seinen galanten Heldentaten und aß mit großem Appetit und gestand, daß es ihm besser schmeckte, wenn er das Essen umsonst bekam. Sie war schwanger, ein Fötus von mir in ihrem Bauch, vielleicht hatte er sogar schon ein Herz, aber trotzdem drang ich täglich in den Tunnel ihres Körpers ein und erlebte die Wege der Ekstase ihres Fleisches, daß mich die Affen beißen!

Mein Dummerchen, sagte sie, auf deiner Glatze wachsen Haare, sieh mal. Und sie leckte meine Stirn. Bei einem Strandspaziergang fragte Sofia mich, ob ich sie heiraten würde, wenn sie achtzehn wurde. Noch sechs Jahre, ist das für dich viel oder wenig? Viel. Oh, dieses Gift! Als wir zurückkamen, begegneten wir unten im Flur Sofias Vater. Er wartete auf uns und wirkte betrunken. Wir fahren nach oben in Ihre Wohnung, sagte er schroff. Seine Augen waren verquollen, und er bewegte übertrieben den Mund, um mir eindeutig klarzumachen, in welchem Gemütszustand er sich befand. Hin und wieder griff er drohend mit der Hand in die Tasche. Er hieß Milcíades. Er war unrasiert und schien in den Sachen, die er anhatte, geschlafen zu haben. Wir gingen in meine Wohnung, und kaum war die Tür zu, zog Milcíades einen Revolver aus der Tasche und zielte mit zitternder Hand auf mich. Hätte er auf mich geschossen und mich getötet, dann wäre das dem Zufall zu verdanken gewesen. Schreiend behauptete Milcíades, er habe uns Hand in Hand auf der Straße gesehen. Halunke, zynischer, unmoralischer alter Bock, brüllte er mit lallender Zunge. Ich ließ ihn schreien, bis er sich ausgeschrien hatte. Dann wiederholte ich mehrfach mit beredten Worten, ich behandele seine Tochter mit größtem Respekt, so wie ein Vater, was auch stimmte. Er sah uns, Sofia und mich, mit verschlagenem, glasigem Blick prüfend an, und nach einiger Zeit steckte er den Revolver in die Jackentasche und setzte sich. Jedenfalls will ich nicht, daß Sie meine Tochter weiter sehen, sagte er und schickte Sofia nach Hause. Ich gab Sofia ein beruhigendes Zeichen, als sie ging. Dann fragte ich Milcíades, ob ich ihm einen Whisky anbieten dürfe. Er zögerte etwas, dann antwortete er mit sanfterer und versöhnlicherer Stimme: mit Eis. Ich machte einen doppelten Whisky für ihn fertig und einen für mich, setzte mich neben ihn, und wir tranken schweigend. Erst beim vierten Glas fing er wieder an zu reden. Das ist echter Scotch, sagte Milcíades, streckte anerkennend den Daumen der Hand hoch, mit der er das Glas hielt, und verschüttete dabei etwas auf seinen Anzug. Und dann sagte er mit einem Gesichtsausdruck wie ein alter, verwahrloster, räudiger Hund: Ich habe Vertrauen zu Ihnen. Als Sofia und Eunice kamen, saß er mit offenem Mund auf dem Sofa und schlief. Sie versuchten, ihn auf die Beine zu stellen, aber Milcíades war ein großer, dicker Mann, und die beiden mühten sich vergeblich. Schließlich gelang es uns zu dritt, ihn nach Hause zu bringen und ins Bett zu legen. Ich zog ihm die Schuhe und die Jacke mit dem Revolver aus. Sie hat immer alles bekommen, was ein Mädchen braucht, sagte Milcíades mit seiner belegten Stimme und verfiel gleich darauf in friedliches Schnarchen. Eunice fragte, ob ich etwas trinken wolle. Ich lehnte mit der Begründung ab, ich hätte schon zuviel getrunken. Eunice wollte mich nicht gehen lassen, sie bestand darauf, daß ich mich in dem Wohnzimmer mit Plastiksesseln etwas setzte. Geh schlafen, sagte Eunice zu Sofia. Nein, das tue ich nicht, sagte Sofia und setzte sich neben mich. Widersprich nicht deiner Mutter! schrie Eunice. Darauf fingen die beiden einen heftigen, häßlichen Streit an, der mich richtig anwiderte. Ich stand auf, und als sie merkten, daß ich gehen wollte, brachen sie, vielleicht beschämt, den Streit ab und baten mich zu bleiben. Ich ging mit Kummer im Herzen und las die ganze Nacht. Storr: Viele Fachleute, die das Problem von Kindern untersucht haben, die verführt wurden oder sexuellen Kontakt mit Erwachsenen hatten, sind zu dem Schluß gekommen, daß die den Kindern zugefügten emotionalen Schäden auf das Entsetzen der Erwachsenen zurückzuführen waren, die davon Kenntnis erhalten hatten, und nicht darauf, daß der sexuelle Kontakt etwas Erschreckendes habe. Kinsey: Einige der erfahrendsten Spezialisten für Probleme Jugendlicher sind zu dem Schluß gekommen, daß die Reaktionen der Eltern, Polizei und anderer Erwachsener sehr viel mehr schaden können als die sexuellen Kontakte an sich. Storr: In vielen Fällen, bei denen es zu wiederholten sexuellen Kontakten zwischen einem Erwachsenen und einem Kind kam, zeigte das Kind aktives Interesse, die Kontakte fortzusetzen und ließ, ehe es überführt und als schuldig bezeichnet wurde, weder Störungen noch andere Anormalitäten erkennen. Solche Kinder sind von angenehmem Wesen und verfügen über eine ausgeprägte Fähigkeit zu persönlichen Beziehungen. Ich spreche dies nicht zu meiner Rechtfertigung auf Band. Ich weiß nicht, ich bin sehr verwirrt und habe das Gefühl, etwas vor mir selbst zu verbergen, das tue ich beim Schreiben immer, aber daß ich es auch tun würde, wenn ich mit diesem kleinen gefühllosen Apparat spreche, hätte ich nie gedacht. Gestern gab es diese unangehmen Auftritte mit Sofias Vater und Mutter. Heute habe ich sie noch nicht gesehen. Am Morgen sind Sofia und ich im Auto zur Klinik nach Botafogo gefahren. Sofia sang das Lied mit, das im Auto spielte: Das sind die Tücken des Schicksals, das sind die Launen der Leidenschaft. Daß mich die Affen beißen. Im Wartezimmer der Klinik saßen sechs Frauen, vier davon sehr jung, und zwei Männer, die uns beim Eintreten schweigend ansahen. Kurz darauf wurden die Frauen von einer Helferin aufgerufen und wie Gefangene durch eine Tür hinausgeleitet. Ich fragte nach der Oberschwester. Nach etwa zehn Minuten kam sie und führte uns in einen kleinen Raum. Moema war dünn, brüsk und hatte eine schrille Stimme. Wie alt ist sie? Ich antwortete: sechzehn. Moema sagte, Sofia sehe jünger aus, aber so oder so würde der Arzt keine unter achtzehn operieren. Was ist der Unterschied zwischen sechzehn und achtzehn? Ich bin ein Freund von José de Alencar. Moema sah mich kalt an und sagte, darüber könne nur der Direktor der Klinik entscheiden. Wer eine Abtreibung bei einer Achtzehnjährigen machte, machte es auch bei einer Sechzehnjährigen, wer es bei einer Sechzehnjährigen machte, machte es auch bei einer Vierzehnjährigen, wer es bei einer Vierzehnjährigen machte, machte es auch bei einer Zwölfjährigen. Schließlich kam der Direktor. Ein mächtiger, dicker Mann, weiß gekleidet. Ich stellte mich unter falschem Namen vor. Wie alt ist sie?, fragte er barsch. Sechzehn. Er lachte, wobei er seine dicken, feuchtglänzenden Lippen herunterzog und sagte in gebieterischem Ton: Nein, die ist keine sechzehn. Und wenn, würden Sie sie dann operieren?, fragte ich. Vielleicht, sagte er und drehte sich wie ein Pfau auf den Absätzen. Seine kleinen Füße und seine dünnen Beine sahen nicht so aus, als könnten sie seinen runden Rumpf im Gleichgewicht halten, aber er bewegte sich schnell und sogar mit gewisser weiblicher Anmut. Wenn sie sechzehn wäre, seien die Gesundheitsrisiken für die Patientin nicht so groß, und er wolle keine Scherereien bekommen, weil er eine Elfjährige operiert hätte. Sie ist zwölf, verbesserte ich unfreiwillig. Und Sie mit Ihrem Clownsgesicht wollten mich für dumm verkaufen, sagte er lachend. Sie hat eine Bombengesundheit, sagte ich und verzieh ihm beschämt die Beleidigung. Er lachte noch immer, so daß sein riesiger Bauch wackelte, sein Lachen klang tief und melodisch, wie bei Boris Godunow. Seine Zähne waren vom Nikotin gelb verfärbt; er hatte Spucke in den Mundwinkeln und mit der Zunge, die klein und flach wie eine Katzenzunge war, verteilte er den Speichel auf seinen fleischigen Lippen. Wir können dieses Kind nicht bekommen, Herr Doktor, sagte ich demütig. Boris hörte auf zu lachen und kam mit seinem Gesicht dicht an meins heran. Seine Haut war voller kleiner Löcher, als hätte er eine leichte Form von Pocken gehabt. Warum haben sie nichts benutzt, Pille, Diaphragma, Kondome, Spirale, Koitus interruptus? Erst machen die Leute Dummheiten und dann kommen sie hergelaufen. Ein armseliges Land ist das hier, fünf Millionen Abtreibungen pro Jahr. Daß mich die Affen beißen. Wir können dieses Kind nicht bekommen, sagte ich noch einmal mutlos. Boris fragte nach meinem Alter, und als ich es sagte, merkte ich, daß er mir mehr Sympathie entgegenbrachte. Trotzdem gab er seinen beleidigenden Ton nicht auf. Schon fast mit einem halben Bein im Grab, was? Ich liebe dieses Mädchen. Ach, die Liebe, die Liebe, winkte Boris ab. Wir müssen für alles einen Zoll, einen Preis, eine Steuer, eine Abgabe, eine Gebühr zahlen. Ich nahm Sofia am Arm und wollte mit ihr gehen. Sie hatte die ganze Zeit geschwiegen; ich glaube, ein paarmal hatte sie sich über Boris' Anblick amüsiert. Ungetrübten Spaß, tönte er, ungetrübten Spaß gibt es nie. Aber Sie haben Glück, ich laß' mich auf diesen Wahnsinn ein, wahrscheinlich habe ich mich von Ihrem einfältigen Gesicht erweichen lassen. Das Geld geben Sie mir in bar, wieviel, sagt Dona Moema Ihnen. Und damit rollte er auf seinen weißen Glacélederschuhen hinaus. Ich bat Dona Moema, sich um Sofia zu kümmern. Ich sah den beiden nach, wie sie durch eine Tür verschwanden. Sofias Rücken war so schmal und zart! Tränen traten mir in die Augen. Zum Glück linderte der Anblick ihrer kräftigen, von den Jeans fest umspannten Gesäßmuskeln ein wenig meinen Schmerz und meine Angst. Obendrein hatte ich nicht so viel Geld, wie Boris von mir haben wollte. Wie sollte ich diese Summe beschaffen? Ich rief bei meinem Verleger an, konnte ihn aber nicht erreichen. Daß mich die Affen beißen. In solchen Momenten müssen Freunde herhalten, aber ich hatte keine Freunde. Ich rief Regina an. Wir verabredeten uns in der Bank. Ich sagte nicht, wofür ich das Geld brauchte, und sie fragte auch nicht danach. Ich geb's dir zurück, sobald ich meinen Verleger erreiche, gebe ich es dir zurück. Ich muß das mehrfach wiederholt haben, denn sie fuhr mich gereizt an: Hör auf, mich wie einen Bankdirektor zu behandeln, du Idiot. Ich raste in die Klinik zurück und überreichte das Geld Dona Moema, die mir sagte, Sofia gehe es gut, sie schlafe. Ich setzte mich in ein Wartezimmer, und zum erstenmal in meinem Leben (daß ich zurückblickte, merkte ich in dem Moment nicht) gelang es mir, alle Gedanken aus meinem Kopf zu verscheuchen, als hätte man mir das Hirn rausgerissen und in meinem Schädel wäre ein Vakuum zurückgeblieben. Es dauerte eine Ewigkeit. Dann erschien Moema mit Sofia. Sie war sehr blaß, ihre Lippen fahl. Es geht ihr gut, sagte Moema. Denk daran, die Anweisungen des Arztes zu befolgen. Als wir ins Auto stiegen, gab ich Sofia die Blumen, sie ihr in Dona Moemas Gegenwart zu überreichen, hatte ich mich nicht getraut. Ich liebe gelbe Rosen, sagte Sofia. Gleich darauf schlief sie mit dem Rosenstrauß auf dem Schoß ein, während ich vorsichtig durch die mit Autos verstopften Straßen fuhr. Nach und nach kehrten die Gedanken in meinen Kopf zurück: die schweigenden Anrufe, Boris, der Hahnenkampf, Maria Augusta, mein Verleger, der Wunderheiler aus dem Fernsehen, Eunice, Regina. Ich drehte das Fenster herunter und atmete tief ein. Das mache ich jetzt auch, immer wieder. Mit Sofia habe ich abgemacht, sie soll nach Hause gehen, sagen, daß sie furchtbare Kopfschmerzen habe und direkt ins Bett gehen. Die Spülung morgen und auch alle weiteren wird sie hier machen, das Klistier und die Medikamente habe ich schon. Das Telephon klingelt mehrmals. Es ist alles unverändert und so bleibt es auch. Daß mich die Affen beißen.

Das Todesspiel

Sie trafen sich jeden Abend in Anísios Bar. Marinho, Besitzer der größten Apotheke in der Stadt, Fernando und Gonçalves, gemeinsam Besitzer eines Gemischtwarengeschäftes, und Anísio. Keiner von ihnen stammte aus der Stadt, auch nicht aus der Umgebung in der Baixada Fluminense. Anísio und Fernando kamen aus Minas und Marinho aus Ceará. Gonçalves war aus Portugal eingewandert. Sie waren kleine Kaufleute, erfolgreich und ehrgeizig. Sie besaßen bescheidene Wochenendhäuser in derselben Wohnanlage in der Seengegend, waren Mitglieder im Lion's, gingen zur Kirche und führten ein beschauliches Leben. Gemeinsam war ihnen außerdem noch ein großes Interesse an jeder Art von Spiel um Geld. Ständig schlossen sie irgendwelche Wetten ab, über Kartenspiele, Fußballspiele, Pferderennen, Autorennen, Mißwahlen, kurz, über alles, was vom Zufall abhängt. Sie spielten mit hohen Einsätzen, aber im allgemeinen verlor keiner viel Geld, denn auf eine Verlustphase folgte fast immer eine Gewinnphase. Seit ein paar Monaten allerdings war Anísio, der Besitzer des Lokals, ständig am Verlieren.

Sie spielten Karten und tranken Bier an jenem Abend, an dem das Todesspiel aufkam. Anísio dachte sich das Spiel aus.

Ich wette, daß die Schwadron in diesem Monat über einundzwanzig Leute umbringt, sagte er.

Fernando bemerkte, über einundzwanzig sei sehr vage.

Ich wette, daß die Schwadron in diesem Monat *einundzwanzig* umbringt, sagte Anísio.

Nur hier in der Stadt oder in der ganzen Baixada? fragte Gonçalves. Obwohl er schon seit vielen Jahren in Brasilien war, sprach er noch mit starkem Akzent.

Einen Tausender, daß die Schwadron in diesem Monat einundzwanzig Leute *hier* in Merití umbringt, präzisierte Anísio.

Ich wette, daß sie neunundsechzig umbringt, sagte Gonçalves lachend.

Das halte ich für zu viel, meinte Marinho.

Ich mach' ja nur Spaß, erwiderte Gonçalves.

Nichts da mit Spaß, entgegnete Anísio und knallte seine Karte auf den Tisch, gesagt ist gesagt, Pech für den, der Blödsinn redet, damit bin ich schon reichlich auf die Schnauze gefallen. Das stimmte.

Kennt ihr die Geschichte vom Portugiesen und der Neunundsechzig? fragte Anísio. Sie erklärten dem Portugiesen, was eine Neunundsechzig ist; er war entsetzt und sagte, mein Gott, wie eklig, so was würde ich ja noch nicht mal mit meiner Puffmutter machen.

Alle lachten, nur Gonçalves nicht.

Weißt du was? Das Spiel ist gut, sagte Fernando. Ein Tausender, daß die Schwadron ein Dutzend umlegt. He, Anísio! Wie wär's mit 'nem bißchen Käse zum Bierchen? Und 'ner Portion von der guten Salami?

Schreib auf, sagte Anísio zu Marinho, der in einem Buch mit grünem Einband die Wetten notierte, noch ein Tausender, daß von meinen einundzwanzig zehn Mulatten, acht Schwarze und drei Weiße sind.

Und wer entscheidet, welcher weiß, schwarz oder Mulatte ist? Hier gibt's doch alles durcheinander. Und wie wollen wir rauskriegen, ob die Leute wirklich von der Schwadron umgebracht worden sind? fragte Gonçalves.

Es gilt, was in *O Dia* steht. Wenn da steht, es war ein Schwarzer, dann war's ein Schwarzer, wenn es heißt, es war die Schwadron, dann war's die Schwadron Einverstanden? fragte Marinho.

Noch ein Tausender, daß der jüngste von meinen achtzehn ist und der älteste sechsundzwanzig, sagte Anísio.

In diesem Augenblick kam Der Falsche Perpétuo in die Bar, und die vier Kumpane verstummten sofort. Der Falsche Perpétuo hatte glatte schwarze Haare, ein kantiges Gesicht, einen teilnahmslosen Blick und lachte nie, genau wie der echte Perpétuo, ein berühmter Inspektor, den sie vor zehn Jahren ermordet hatten. Keiner der Spieler wußte, was Der Falsche Perpétuo machte, vielleicht war er nur ein kleiner Bankangestellter oder Beamter, aber seine Anwesenheit in Anísios Bar, wo er sich hin und wieder blicken ließ, schüchterte die vier Freunde immer ein. Keiner wußte, wie er hieß, den Spitznamen Der Falsche Perpétuo hatte Anísio ihm gegeben, der behauptete, den echten gekannt zu haben.

Er trug immer zwei Fünfundvierziger im Gürtel, auf jeder Seite einen, und man sah den breiten Patronengürtel über der Hose. Er hatte die Angewohnheit, das Revers seines Jacketts leicht zwischen den Fingern zu reiben, so wie Babys es mit den Windeln machen, ein Zeichen, daß er auf der Hut war, immer bereit, die Waffen zu ziehen, und er schoß mit beiden Händen. Wer ihn umbringen wollte, mußte es von hinten tun.

Der Falsche Perpétuo setzte sich und bestellte ein Bier, ohne zu den Kartenspielern hinüberzusehen, drehte aber leicht den Kopf und straffte den Hals; vielleicht horchte er, was in der Gruppe gesprochen wurde.

Ich glaube, wir bilden uns das nur ein, murmelte Fernando, und ganz egal, wer er ist, warum sollen wir uns Sorgen machen? Wer ein reines Gewissen hat, braucht nichts zu fürchten.

Ich weiß nicht, ich weiß nicht, sagte Anísio nachdenklich. Schweigend spielten sie weiter und warteten darauf, daß Der Falsche Perpétuo ging.

Am Monatsende hatte laut der Zeitung *O Dia* die Schwadron sechsundzwanzig Menschen getötet, davon sechzehn Mulatten, neun Schwarze und einen Weißen, der jüngste war fünfzehn, ein entlassener Fürsorgezögling, und der älteste achtunddreißig.

Jetzt wird gefeiert, sagte Gonçalves zu Marinho, der mit ihm zusammen die meisten Wetten gewonnen hatte. Sie tranken Bier, aßen Käse, Schinken und Pasteten.

Drei Monate Pech, sagte Anísio finster. Er hatte auch im Poker, beim Pferderennen und beim Fußball verloren; der Imbiß, den er in Caxias gekauft hatte, machte Verlust, die Bank kürzte ihm seinen Kredit, und die junge Frau, die er vor kurzem geheiratet hatte, gab viel Geld aus.

Und jetzt kommt der August, der Monat, in dem Getúlio Vargas sich eine Kugel ins Herz geschossen hat. Ich war damals ein Junge und arbeitete in einer Bar in der Rua do Catete, ich habe alles miterlebt, wie die Leute geweint und geschrien haben und vor dem Sarg des Präsidenten hergegangen sind, als der Leichnam zum Flughafen Santos Dumont gebracht wurde, und wie die Soldaten mit Maschinengewehren in die Menge geschossen haben. Wenn ich schon im Juli so ein Pech habe, wie soll das erst im August werden.

Dann darfst du diesen Monat nicht wetten, sagte Gonçalves, der Anísio gerade zweihunderttausend Cruzeiros geliehen hatte.

Doch, in diesem Monat will ich einen Teil von meinen Verlusten wieder reinholen, sagte Anísio finster.

Für den Monat August erweiterten die vier Freunde die

Spielregeln. Zu der Gesamtzahl, dem Alter und der Hautfarbe der Toten kamen jetzt Geburtsort, Familienstand und Beruf dazu. Das Spiel nahm komplizierte Ausmaße an.

Ich glaube, dieses Spiel, das wir uns hier ausgedacht haben, wird noch mal beliebter als das *Jogo do Bicho,* sagte Marinho. In ihrem angetrunkenen Zustand lachten sie so sehr, daß Fernando sich sogar in die Hose machte.

Das Monatsende kam näher, und Anísio wurde immer gereizter und stritt oft mit den anderen. An diesem Tag war er so unwirsch und nervös wie nie zuvor, und seine Freunde warteten voller Unbehagen darauf, das Kartenspiel beenden zu können.

Wer wettet mit mir von Mann zu Mann? fragte Anísio.

Wie meinst du das, von Mann zu Mann? fragte Marinho, der von ihnen allen am meisten Wetten gewonnen hatte.

Ich wette, daß die Schwadron diesen Monat ein kleines Mädchen und einen Kaufmann umbringt. Zweihunderttausend.

Das ist Wahnsinn, sagte Gonçalves, denn er dachte an sein Geld und die Tatsache, daß die Schwadron niemals kleine Mädchen und Kaufleute umbrachte.

Zweihunderttausend, wiederholte Anísio mit Bitterkeit in der Stimme, und du, Gonçalves, hör auf, andere als verrückt zu bezeichnen, verrückt bist du selbst, weil du deine Heimat für dieses Scheißland hier verlassen hast.

Ich halte dagegen, sagte Marinho, du hast keine Chance, die Wette zu gewinnen, wir haben schon fast Monatsende.

Kurz vor elf Uhr brachen die Partner das Kartenspiel ab und verabschiedeten sich rasch.

Die Kellner gingen, und Anísio blieb allein im Lokal. Sonst beeilte er sich immer, nach Hause zu kommen, zu seiner jungen Frau. Aber an diesem Tag blieb er beim Bier sitzen, bis es kurz nach ein Uhr nachts an der Hintertür klopfte.

Der Falsche Perpétuo kam herein und setzte sich zu Anísio an den Tisch.

Ein Bier? fragte Anísio. Aus Unsicherheit, welche Form der Anrede er ihm gegenüber benutzen sollte, vermied er es, ihn mit Sie oder du anzusprechen.

Nein. Worum geht's? Der Falsche Perpétuo sprach leise, seine Stimme klang weich, apathisch, gleichgültig.

Anísio berichtete von den Wetten, die er und seine Freunde jeden Monat im Todesspiel abschlossen. Aufrecht auf dem Stuhl sitzend, die Hände auf den Beinen abgestützt, hörte sein Gast schweigend zu; sekundenlang kam es Anísio vor, als reibe Der Falsche Perpétuo das Revers seines Jacketts zwischen den Fingern, so wie der echte, aber nein, er hatte sich getäuscht.

Anísio wurde von der Sanftheit des Mannes unbehaglich zumute, vielleicht war er wirklich nur ein Schreibstubenbeamter. Mein Gott, dachte Anísio, zweihunderttausend in den Sand gesetzt, dann mußte er den Imbiß in Caxias verkaufen; unvermittelt dachte er an seine junge Frau, ihren warmen, runden Körper.

Die Schwadron muß noch in diesem Monat ein kleines Mädchen und einen Kaufmann umbringen, damit ich aus der Klemme komme, sagte Anísio.

Und was habe ich damit zu tun? Sanft.

Anísio nahm all seinen Mut zusammen; er hatte sehr viel Bier getrunken, er stand vor dem Ruin und fühlte sich schlecht, als bekäme er nicht mehr richtig Luft.

Ich glaube, du bist von der Todesschwadron.

Der Falsche Perpétuo ließ sich nichts anmerken.

Wie lautet das Angebot?

Zehntausend, wenn du ein kleines Mädchen und einen Kaufmann umbringst. Du oder deine Kumpane, das ist mir egal.

Anísio seufzte unglücklich. Jetzt, da er seinen Plan schon fast verwirklicht sah, breitete sich in seinem Körper ein Schwächegefühl aus.

Hast du das Geld hier? Ich kann die Sache noch heute erledigen.

Ich hab's zu Hause.

Mit wem soll ich anfangen?

Beide auf einmal.

Irgendwelche bestimmten Wünsche?

Gonçalves, den Besitzer des Gemischtwarengeschäftes, und seine Tochter.

Den Galego, deinen Freund?

Er ist nicht mein Freund. Wieder ein Seufzer.

Wie alt ist seine Tochter?

Zwölf. Er sah das Mädchen vor sich, wie es in seiner Bar eine Brause trank, wie ein stechender Schmerz kam und ging das Bild.

Ist gut, sagte Der Falsche Perpétuo, zeig mir, wo der Galego wohnt. Da stellte Anísio fest, daß er über dem Hosengürtel auch noch einen breiten Gurt trug.

Sie stiegen in das Auto vom Falschen Perpétuo und fuhren zu Gonçalves' Haus. Die Stadt war um diese Zeit menschenleer. Fünfzig Meter vor dem Haus blieben sie stehen. Der Falsche Perpétuo holte aus dem Handschuhfach zwei Pappstücke, malte ungelenk zwei Totenschädel darauf und schrieb die Initialen der Todesschwadron darunter.

Es dauert nicht lange, sagte Der Falsche Perpétuo und stieg aus.

Anísio legte sich die Hände auf die Ohren, schloß die Augen und krümmte sich auf dem Autositz zusammen, bis sein Gesicht an den Plastikbezug stieß, von dem ein übler Geruch aufstieg, der ihn an seine Kindheit erinnerte. In seinen Ohren sauste es. Lange Zeit verging, dann hörte er drei Schüsse.

Der Falsche Perpétuo kam zurück und stieg in den Wagen.

Jetzt fahren wir mein Geld holen, ich hab' die beiden erledigt. Und die Alte noch als Zugabe.

Sie hielten vor Anísios Haus. Er ging hinein. Seine Frau lag im Bett, den nackten Rücken der Schlafzimmertür zugewandt. Sie schlief meistens auf der Seite, und von hinten war ihr Körper noch schöner. Anísio holte das Geld und ging hinaus.

Ich weiß gar nicht, wie du heißt, sagte Anísio im Auto, während Der Falsche Perpétuo das Geld zählte.

Das ist auch besser so.

Ich hab' dir einen Spitznamen gegeben.

Und welchen?

Der Falsche Perpétuo. Anísio versuchte zu lachen, aber sein Herz war schwer und traurig.

Sollte er sich getäuscht haben? Der Blick des anderen war plötzlich hellwach geworden, und er rieb sanft das Revers seines Jacketts. Sie sahen sich im Halbdunkel des Wagens an. Als er begriff, was geschehen würde, empfand Anísio eine Art Erlösung.

Der Falsche Perpétuo zog ein riesiges schwarzes Ding aus dem Gürtel, zielte auf Anísios Brust und drückte ab. Anísio hörte den Knall und danach große, tiefe Stille. Verzeihung, wollte er sagen, spürte das Blut im Mund und versuchte, sich an ein Gebet zu erinnern, während das knochige, von der Straßenlaterne beleuchtete Gesicht des Christus neben ihm rasch dunkel wurde.

Begegnung am Amazonas

Wir erfuhren, daß er sich von Corumbá über Brasília mit dem Bus nach Belém abgesetzt hatte. Nachdem ich schon so lange hinter ihm her war, wußte ich inzwischen, was für ein Mensch er war. Er war auf der Flucht, aber das hinderte ihn nicht daran, sich unterwegs sämtliche Museen und Kirchen anzusehen.

Das einzige Museum, das es in Belém gab, war das Goeldi-Museum. Er hatte zwei Tage nacheinander mit Besuchen im Goeldi-Museum verbracht, obwohl er Gründe für die Annahme hatte, daß wir dicht hinter ihm waren. Alle hatten ihn gesehen.

»Er hat sich eine ganze Weile die Fische angesehen. Er hatte ein dickes, vollgeschriebenes Notizbuch dabei«, sagte der Mann beim Aquarium.

»Wenn das vorgestern war, könnte er noch hier sein«, sagte Carlos Alberto.

Carlos Alberto begleitete mich bei diesem Auftrag. Wir setzten uns in ein Lokal und tranken ein Bier. Das Bier in Pará war nicht schlecht. Bier kann man überall auf der Welt unbesorgt trinken.

»Welchen Namen benutzt er jetzt wohl?« fragte Carlos Alberto.

»Ich weiß nicht. Aber bestimmt keinen, den wir schon kennen.«

Er war über die argentinische Grenze gekommen und nach Norden raufgezogen. Wir wußten, daß er in Brasília angekommen und von dort mit dem Bus nach Belém gefahren war, womit er allein auf dieser Strecke eintausendneunhundertundeinen Kilometer Straße zurückgelegt hatte. Von Belém aus war er, falls er ein Linienflugzeug genommen hatte, möglicherweise nach Macapá oder nach Santarém oder nach Manaus geflogen und von dort weiter in den Norden nach Boa Vista, also bis kurz vor Guayana und Venezuela. Oder auch Richtung Nordosten nach Porto Velho und dann nach Rio Branco kurz vor der Grenze zu Peru und Bolivien.

Daß wir sein Hotel in Belém gefunden hatten, war ein großer Glücksfall gewesen. Ein Taxifahrer, der seinen Stand am Busbahnhof hatte, erinnerte sich an ihn. Es war das Hotel Equatorial. Vom Mann am Empfang erfuhren wir, er habe sich nach einem Dampfer erkundigt, der flußaufwärts nach Manaus fuhr. Die Schiffspassage war in dem Reisebüro Lusotour gekauft worden.

»Natürlich erinnere ich mich, den vergißt man nicht so leicht. Er wollte eine Fahrkarte für ein Schiff, das den Amazonas nach Manaus rauffährt«, sagte der Mann im Reisebüro.

»Und ist er mit dem Schiff mitgefahren?«

»Das weiß ich nicht. Ich glaube ja. Wir haben keine Kontrolle über die Einschiffungen. Da geht viel durcheinander. Aber er kann auch geflogen sein, er hatte eine Buchung für Manaus.«

Auf dem Flughafen erhielten wir auch keine Informationen. Vielleicht war er an Bord gegangen, vielleicht auch nicht. Die Namen auf der Passagierliste besagten gar nichts. Es schien, als hätte ihn auf einmal niemand mehr gesehen, was ja wohl kaum möglich war.

Wir losten mit Kopf oder Zahl aus, wer direkt nach Manaus fliegen und ihm dort auflauern sollte, sofern er dahin gefahren war, und wer den Fluß hinauffahren und in allen Dörfern und Städten, wo das Schiff anlegte, nachfragen sollte.

Zahl hieß Flugzeug und fiel auf Carlos Alberto.

»Du weißt ja, was du zu tun hast, ja?«

»Keine Sorge«, sagte Carlos Alberto.

Carlos Alberto war erst seit kurzem dabei. Er war noch sehr jung, aber sehr bemüht.

»Der Flughafen von Manaus ist modern, mit viel Betrieb«, sagte ich.

»Keine Sorge.« Carlos Alberto redete nur viel, wenn es darum ging, wen er sich als Mutter aussuchen sollte. Ich brachte ihn zum Flughafen und blieb, bis das Flugzeug startete.

Ich mußte eine Woche in Belém bleiben und auf das Schiff warten. Morgens wachte ich um fünf auf und hörte Radio, um mich mit den lokalen Verhältnissen vertraut zu machen. Dann duschte ich, zog Hemd und Hose an und ging hinaus. Das Hotel, in dem ich wohnte, war mittlere Kategorie, nur brasilianische Touristen aus dem Norden und Nordosten.

Es war halb acht, als ich zum Museum kam. Ich ging durch den Personaleingang hinein und merkte gar nicht, daß es noch nicht für das Publikum geöffnet war.

Ich ging zum Tierkäfig. In wenigen Jahren würde es keins der Tiere mehr geben, die gesamte Fauna Amazoniens wurde allmählich ausgerottet. Als der Jaguar mich sah, fing er an zu spielen; er lief hin und her und wälzte sich wie eine Katze auf dem Rücken. Sehr schön und elegant war auch die *Sussuarana,* eine leopardenähnliche Raubkatze; ihr blaßlilastichiges Fell glänzte im hellen Morgenlicht. Die Affen hingegen wirkten traurig, unglücklich und gestört. Einer klammerte sich an die Eisenstangen und versteckte sein Gesicht. Seine Hände sahen ähnlich aus wie meine. Im Gesicht und Blick des Affen lag ein

Ausdruck von Hoffnungslosigkeit und Niederlage, von verloren gegangener Fähigkeit zum Widerstand und zum Träumen.

Das Hotelrestaurant war klein, aber sehr leistungsfähig. Ich aß jeden Tag Krebsscheren mit Vinaigrettesoße und Krabben, zu denen ich Weißwein aus Rio Grande do Sul trank. Es hatte keinen Zweck, nervös zu werden. Ich mußte Geduld haben. Vielleicht fuhr er gerade flußaufwärts nach Manaus. Wenn er unterwegs Halt machte, würde ich ihn finden, es sei denn, er ging von Bord, nahm ein Boot und fuhr in irgendeinen Nebenfluß des Amazonas. Dann würde er spurlos verschwinden, und keine Macht der Welt würde ihn jemals wiederfinden. Aber er wollte und durfte nicht in Amazonien untertauchen. Auch er hatte seinen Auftrag.

Wenn er, wie es den Anschein hatte, Brasilien per Flugzeug via Manaus verlassen wollte, konnte er nach Peru oder Bolivien oder auch nach Venezuela oder Kolumbien fliegen. Dann würden wir seine Spur wohl kaum wiederfinden.

In Argentinien war er nicht zurechtgekommen. In Paraguay auch nicht. In Brasilien hatte er in Anbetracht der Umstände gute Arbeit geleistet, bis wir ihm auf den Pelz rückten – wir hatten einige Mühe, herauszubekommen, wer er war – und er sich auf eine so ungewöhnliche Art, daß er uns fast in die Irre führte, vom Südosten, wo er agierte, in den Norden verzog.

Eine kleine Stadt war für uns jede Stadt mit bis zu einer Million Einwohnern. Manaus war so eine. In den kleinen Städten mußten wir vorsichtiger sein, da wurde man leicht als Fremder erkannt. Ganz abgesehen von anderen Schwierigkeiten.

Am Tag vor meiner Abreise ging ich in der Nähe der Praça Bernardo Santos ein Fruchteis essen. In dieser Eisdiele gab es über achtzig verschiedene Eissorten. Ich wollte ein Bacuri-Eis essen.

»Schmeckt's?« fragte sie mich. Ein zartes blondes Mädchen stand auf einmal neben mir. »Sind Sie von auswärts?«

»Ja«, antwortete ich. Es hatte keinen Zweck, ihr das Gegenteil vorzulügen. Belém war eine große Stadt mit mehr als einer Million Menschen. Zwar fiel ich vielleicht nicht auf, aber offensichtliche Lügen waren zu vermeiden. Das Mädchen stellte natürlich kein Risiko dar, trotzdem wollte ich mich ihr gegenüber ganz vorschriftsmäßig verhalten.

»Von wo?«

»Aus Porto Alegre.« Das war gelogen, aber ich kannte Porto Alegre gut.

»Vom andern Ende. Wieviele Kilometer von hier?«

»Tausende. Viertausend ungefähr.«

»Ich bin aus Macapá. Ich studiere hier, ich bin das schwarze Schaf der Familie.«

Ihre Augen waren von einem blassen Grün. Mit ihrem ängstlichen, kleinen Gesicht sah sie wie der traurige Affe im Goeldi-Museum aus.

»Ich bin auch ein schwarzes Schaf«, sagte ich.

Wir gingen Eis essend weiter.

»Wo gehen Sie jetzt hin? Wollen Sie mit mir zu Abend essen?« fragte ich.

Wir aßen im Hotelrestaurant am Spieß gegrillten Tambaqui. Die Fische in Amazonien schmecken alle köstlich. Wenn ich in den Norden fuhr, aß ich immer nur Fisch. Die Küche von Pará ist sehr schmackhaft. Die Gastronomen behaupten, sie sei die einzige echt brasilianische. Das Mädchen aß Ente à la Tucupi. Bei so viel Auswahl an Fisch – Tucunaré, Pirarucu, Tambaqui und Pintado – und dazu noch Krabben, Langusten, Krebse, gab ich mich doch nicht mit einem Entengericht ab, als wäre ich in Frankreich.

Im Restaurant flirtete ich mit dem Mädchen. Sie sagte, sie sei neunzehn Jahre alt, stamme aus Macapá, ihr Vater handele mit Holz (einer von denen, die Brasilien verwüsten), erhalte monatlich einen Wechsel, wohne allein und wolle die Aufnahmeprüfung für das Studium der Verwaltungslehre an der Universität von Belém machen. Es stimmte alles, ich konnte unbesorgt sein.

Wir gingen auf mein Zimmer. Ihr kleiner Körper war sehr gut gebaut. Nackt wirkte sie allerdings älter und schlaffer.

»Darf ich zum Schlafen hierbleiben?« fragte sie. Das passierte mir oft. In kleinen Städten liefen mir manchmal Hunde durch die Straßen bis zu meiner Unterkunft nach. Ich gab ihnen immer etwas zu essen und tätschelte sie am Kopf.

»Ja«, sagte ich.

In dieser Nacht war ich mehr wach als daß ich schlief.

Es war eine langweilige Woche. Carlos Alberto rief aus Manaus an und sagte, er sei auf dem Posten. Er hatte auf dem Flughafen komplette Aufklärungsarbeit geleistet.

»Die Stadt ist voll von Schwarzhändlern. Was es hier an Leuten gibt, die Pappkartons mit Elektronikgeräten durch die Gegend schleppen, ist nicht mehr normal. Leute aus ganz Brasilien. Die sind verrückt. Wer hat sich bloß diese verdammte Freihandelszone ausgedacht?«

»Das ist eine lange Geschichte, die kann ich nicht am Telephon erzählen«, sagte ich. »Hast du deine Mutter gefunden?«

»Noch nicht. Hier gibt's nur gräßliche Mittelschichts-Weiber aus São Paulo, Rio, Paraná und Rio Grande do Sul, die in Shorts vor den Schaufenstern der Importgeschäfte stehen. Parfümierte Ekelpakete.«

Das Mädchen aus Macapá hieß Dorinha. Maria das Dores, Maria die Schmerzensreiche. Dorinha, kleiner Schmerz, Dorzinha, Wehwehchen. Ich nannte sie Dorzinha.

»Dorzinha, heute fahre ich weg.«

»Kann ich mitfahren?«

»Ich komme wieder.«

»Versprichst du's?«

Versprechen sind nichts wert. Und meine schon gar nicht.

»Ja, ich verspreche es.«

Ich reiste mit wenig Gepäck. Eine Umhängetasche und eine Nylonreisetasche. Dorzinha trug die Reisetasche zum Anleger Mosqueiro-Soure. Die Umhängetasche ließ ich nie los. Das durfte ich freilich auch nicht, es wäre ein Fehler gewesen.

Am Anleger waren Hunderte von Menschen mit Bergen von Gepäck: Gasflaschen, Matratzen, Möbel, Säcke mit Lebensmitteln. Die Pedro Teixeira hatte eine erste Klasse mit hundert Passagieren und eine dritte Klasse. Ich hatte eine der wenigen Zweibett-Kabinen bekommen. Der eine Schlafplatz war gesperrt worden. Ich wollte keine Gesellschaft haben. Die meisten Kabinen erster Klasse hatten vier Etagenbetten, die im allgemeinen mit Leuten belegt wurden, die sich nicht kannten. Nur zwei sogenannte Luxuskabinen hatten ein eigenes Badezimmer und Klimaanlage. Alle anderen Passagiere benutzten die Gemeinschaftswaschräume.

Meine Kabine hatte die Nummer 30 und lag steuerbord.

»Vergiß nicht, mir zu schreiben«, sagte Dorinha.

»Leb wohl, Dorzinha«, sagte ich und küßte sie auf die Wange.

Durch den Lautsprecher auf dem Anleger wurde mitgeteilt, die Passagiere der dritten Klasse könnten schon an

Bord gehen. Sie stürzten sich auf das Achterdeck und spannten ihre Hängematten auf.

Die Menschen richteten sich ein, so eng beieinander, daß die Hängematten sich zu einem Gespinst verflochten, das wie von der Natur ersonnen wirkte, wie eine Blume vom Meeresgrund. Ein Gewebe von gewebten Hängematten, wie es kein Architekt oder Ingenieur hätte entwerfen oder sich ausdenken können, das aber in nur einer halben Stunde aus dem Bedürfnis und Bestreben der Menschen entstanden war.

Es war sehr heiß. Ich nahm den Stuhl aus meiner Kabine und stellte ihn auf den Gang. Von dort konnte ich die Hängematten sehen. Eine Verbindungstür stand offen, aber die Passagiere der dritten Klasse blickten nur mit ehrfürchtiger Neugier in den Gang der ersten Klasse. Ein Mann, begleitet von Frau und Sohn, kam durch die Tür. Als er an mir vorüberging, hörte ich ihn sagen: »Der da muß verdammt wichtig sein.« In seiner Stimme lag kein Groll. Er nahm es hin, daß es auf der Welt verdammt wichtige Leute gab, die in einer Kabine reisten und einen Stuhl hatten, auf den sie sich in den Gang setzen konnten, und andere, die wie Zwiebelzöpfe in Hängematten reisen mußten.

Die Kabine 28 (an Steuerbord hatten die Kabinen gerade Nummern, an Backbord ungerade) war mit drei Männern belegt. Einer von ihnen fing eine Unterhaltung mit mir an. Er sagte, er sei Anwalt in Goiás und zöge gerade um nach Parintins.

»Da gibt's nur einen Richter, einen Staatsanwalt und einen Anwalt. In Goiânia zu bleiben, hat keinen Zweck, da gibt's zu viel Konkurrenz.«

Er hieß Ezir. Am Ringfinger der linken Hand trug er einen dicken Akademikerring mit einem roten Stein.

In meiner Kabine befanden sich außer den Etagenbetten

zwei Schränke und ein Waschbecken. Ich sah mir die beiden Türen an – eine war aus Lamellen und die zweite, innere, war mit Stoff bespannt, gegen die Insekten. Der Steward hatte mir zwei Schlüssel gegeben, einen für die Kabine und den zweiten für den Waschraum.

Der Waschraum war schon schmutzig, ehe die Reise überhaupt begonnen hatte.

Drei lange Pfeiftöne hallten durch den warmen Abend. Das Schiff setzte sich in Bewegung. Eine frische, angenehme Brise wehte. Die Verbindungstür zur dritten Klasse wurde von einem Steward geschlossen. Ich empfand eine gewisse Erleichterung. Armut war mir unangenehm, als wäre es eine ansteckende Krankheit. Diese Leute, die soviel Demütigung und Entbehrung ertrugen, machten mich nervös.

Es war zehn Uhr. Ich zog mich ganz aus und legte mich auf das untere Bett. Ich schlief schlecht und träumte von ihm. Das war nicht das erste Mal. Ich hatte ihn noch nie gesehen, aber ich träumte von ihm. Von der Beschreibung, die man mir von ihm gegeben hatte. Ich wollte ihn sehen, seinen Körper mit meiner Hand berühren, ich war es leid, immer vergeblich hinter ihm herzujagen.

Um halb fünf stand ich auf. In der Kabine gab es weder Handtücher noch Seife. Ich hatte ein Handtuch im Gepäck und eine kleine Hotelseife. Ich zog ein Paar Shorts an und verließ, meine Tasche über der Schulter, die Kabine. Ein kalter Wind umfing mich. Das ganze Schiff schlief.

Im Waschraum gab es drei Toiletten und zwei Duschen. Ich versuchte, meinen Darm zu entleeren, wie immer nach dem Aufstehen, aber es ging nicht. Ich duschte und trocknete mir nur das Gesäß, den Penis und die Hoden ab, um das Handtuch zu schonen. Meine Tasche stand die ganze Zeit dicht bei mir.

Ich ging in meine Kabine zurück und zog mir eine

Segeltuchhose und ein Hemd an. Dann ging ich ins Freie auf das obere Achterdeck.

Kurz vor sechs brach der Tag bewölkt an. Wir befanden uns noch auf dem Rio Pará. Um sieben Uhr sollte es Frühstück geben. Mittagessen von elf bis zwölf und das Abendessen um achtzehn Uhr.

Den Passagieren der dritten Klasse war das untere Deck zugewiesen worden, aber ein paar hatten sich durchschmuggeln können und schliefen nun oben in den Liegestühlen.

Um sieben Uhr ging ich zum Frühstücken. Ich mußte mich wie ein normaler Passagier verhalten und hatte beschlossen, mich als Tourist aus dem Süden auszugeben, der die Freihandelszone für Einkäufe besuchen will.

Ich war gleich in den ersten Jahren der Freihandelszone in Manaus gewesen. Die Stadt hatte bei mir den Eindruck hinterlassen, dort gäbe es mehr Apotheken als in jeder anderen Stadt, in der ich schon gewesen war. Und der Anblick der Kauflustigen mit den bunten Einkaufstüten der Importläden verlieh ihr einen materialistischen, korrupten Anstrich. Ich ging im besten Restaurant der Stadt gegrillten Pirarucu essen. Die Gäste im Restaurant, anscheinend die feinen Einheimischen, sahen genauso aus wie die Gäste in irgendeiner Churrascaria in bürgerlichen Wohnvierteln von Rio. Nur sah man keine Schwarzen oder Mulatten. Sie trugen protzige Uhren und waren wie die Leute aus dem Süden gekleidet, in Jackett und Krawatte. Ich ging mit einer Prostituierten ins Bett, die vierzehn Jahre alt war und falsche Zähne hatte.

Zu meinem Tisch auf dem Schiff gehörten außer mir noch neun Personen. Ein ausländisches Ehepaar, beide blond und in den Dreißigern; zwei ältere Frauen, vermutlich Kauflustige; drei Männer, die sich auf dieser Reise kennengelernt hatten und in derselben Kabine schliefen, darunter der Rechtsanwalt Ezir, und ein Paar, das ich erst beim Mittagessen kennenlernte, denn sie schliefen lange.

Die Ausländer sprachen leise. Sie waren höflich und gefällig. Sie saßen in der Mitte des Tisches und reichten lächelnd die Kannen mit Kaffee und Milch und den Zuckertopf herum. Ich kannte diesen Typ Mensch. Der Mann trug eine Nikon, um die Reise im Bild festzuhalten und später die Dias seinen Freunden vorzuführen. Er photographierte die unendliche Weite des Wassers und die Armut der Menschen und der Hütten am Flußufer.

Ich versuchte, anhand ihres Akzentes festzustellen, woher die beiden kamen. Eine leicht italienisch angehauchte Intonation, klangliche Reminiszenzen ans Französische, eine gewisse germanische Gutturalität. Der Schluß, daß sie Schweizer waren, fiel nicht schwer.

Nach dem Frühstück ging die Schweizerin auf Deck zum Sonnenbaden. Ihr Körper war wohlgeformt. Beim Frühstück hatte sie kaum etwas gegessen, als mache sie Diät, um ihr Gewicht zu halten, und die Bananen abgelehnt, im Gegensatz zu ihrem Mann. Die Füße der Schweizerin hingegen waren sehr häßlich; wie die meisten Frauen hatte sie Hühneraugen auf den Zehen und Hornhaut an den Hacken; ihre großen Zehen waren verbogen. Aber ihre Beine waren hübsch.

Immer wenn wir in einiger Entfernung an den Hütten am Flußufer vorbeifuhren, näherten sich dem Schiff Kanus, in denen Frauen mit einem oder zwei Kindern saßen, die schreiend, so daß es wie Hundejaulen klang, um irgendwelche Sachen bettelten, als erwarteten sie, daß die Passagiere ihnen etwas hinunterwerfen würden, Eßbares vielleicht oder Kleider. Aber ich erlebte kein einziges Mal, daß jemand etwas hinunterwarf.

Beim Mittagessen lernte ich das Paar kennen, das noch am Tisch C fehlte. Der Mann war dunkel und kräftig.

hatte dichtes, schwarzes, gewelltes Haar, einen breiten Schnurrbart und trug eine dunkle Sonnenbrille. Auf den ersten Blick wirkte er finster und bedrohlich. Sie war schlank, braungebrannt, groß und jünger als er. Wahrscheinlich war sie höchstens zwanzig Jahre alt. Die beiden lachten viel und waren entspannt.

Die anderen Männer am Tisch unterhielten sich mit Ezir. Einer war ein pensionierter Regierungsbeamter des Bundesstaates Pará, der über Weihnachten zu seiner Familie fuhr. Der andere war Beamter des Außenministeriums, in der Grenzkommission eingesetzt, ein großer, redseliger Mann, der viel über Amazonien wußte und gern pittoreske Geschichten erzählte. Die beiden Frauen kamen aus Pernambuco und wollten Stereoanlagen und Photoapparate kaufen. »Meinen Sie, daß die eine zwischen den Kleidern versteckte Olympus finden?« Wegen Tisch C brauchte ich mir keine Sorgen zu machen. Auf alle Fälle setzte ich mich mit dem Rücken zur Wand. Es gab sechs Tische, an denen in drei Schichten gegessen wurde, meine war die erste. Viele Passagiere der dritten Klasse hatten dazubezahlt, damit sie in der ersten Klasse essen konnten. Die Verpflegung in der dritten Klasse war sehr dürftig. Die Passagiere mußten einen Teller und einen Becher mitbringen und am selben Platz essen, wo ihre Hängematten aufgespannt waren. Ich sah, daß viele Passagiere der dritten Klasse das Essen in den Fluß warfen.

Auf dem Schiff war nicht eine Frau, die Carlos Alberto zu seiner Mutter auserkoren hätte. Ich wußte nicht, was er suchte, wohl aber, was er nicht wollte. Carlos Alberto war in einem Waisenhaus aufgewachsen und hatte seine Mutter nie kennengelernt. Bei jeder Frau, die er sah, überlegte er: »Ist das vielleicht die Frau, aus deren Bauch ich gerne gekommen wäre?« Aber er konnte sie nicht finden.

Um 23 Uhr 30 des zweiten Reisetages legten wir in

Gurupá am Urucuricaia an. Trotz der späten Stunde war der Anleger voll. Ich wußte, daß in den Ortschaften, in denen wir Halt machten, immer Menschen am Kai sein würden. Es war unmöglich, ungesehen von Bord zu gehen. Ich fragte die Obsthändler, die Verkäufer von Kunsthandwerk, die Mädchen, ob sie ihn von dem anderen Schiff hatten an Land gehen sehen.

»Wenn so ein Gespenst hier auftaucht, das sehen alle«, sagte ein Mädchen, nachdem sie sich meine Beschreibung von ihm angehört hatte.

Wir waren seit drei Tagen unterwegs, und ich hatte noch immer nicht meinen Darm entleeren können. Mein Organismus hatte immer gut funktioniert. Wahrscheinlich lag es am Dreck im Waschraum. Ich stand von der Arbeit etwas unter Spannung, aber nicht so, daß diese Verstopfung darauf zurückzuführen war. Schließlich war das ja nicht mein erster Auftrag. Ich hockte eine Ewigkeit wie ein Vogel auf der Toilette, die Tasche in der Hand, in einer lächerlichen und unbequemen Haltung.

Die schönste Zeit des Tages war für mich früh morgens, wenn alle schliefen und eine frische Brise wehte. Dann war das Deck immer leer. In einem Liegestuhl auf dem oberen Deck sitzend sah ich den Tag anbrechen.

Ein Mann, der einen Vogel in einem Käfig trug, kam näher. Er war dünn und groß, sein Gesicht hager und länglich, typisch für Leute aus dem Nordosten. Ich griff nach meiner Tasche, die auf dem Boden lag, und beobachtete seine Schritte.

»Was für ein Vogel ist das?« fragte ich.

»Eine Nachtigall«, antwortete er. Er war in der dritten Klasse und reiste mit zehn Käfigen mit Vögeln. Vier davon waren Nachtigallen.

Kurz darauf erschien meine Tischgenossin, die mit dem finsteren Mann verheiratet war.

»Stehen Sie immer so früh auf?« fragte sie.

»Ja«, antwortete ich.

»Und ich bin noch gar nicht schlafen gegangen«, sagte sie.

Sie nahm sich die rote Perlenkette ab, die sie um den Hals trug, wirbelte sie herum und warf sie in den Fluß. Dann sah sie mich an, als erwarte sie irgendeinen Kommentar. Ich sagte nichts. Sie schien betrunken zu sein.

»Ich bin aus Minas. Moacyr ist aus Rio Grande do Sul. Ich halte diese Reise nicht mehr aus.«

Anscheinend war es aus mit ihrem Glück. Sie hieß Maria de Lurdes. Auf dem engen Raum eines Schiffes muß ein Paar noch besser mit seinen Kräften zu haushalten wissen als einer allein.

Beim Frühstück sagte Evandro, der Mann von der Grenzkommission, zu mir, daß wir an Almeirim vorbeigefahren seien.

»Dahinten, wo der Mikrowellenturm der Embratel steht, da ist die Serra da Velha Pobre. Diese Bäume mit den gelben Kronen, das sind Ipês, die sind so hart, daß jede Axt stumpf wird.«

»Da hinten, sehen Sie das?« fuhr Evandro fort. »Das ist das Jari-Gebiet. Riesige Waldflächen. Da würde ganz Frankreich dreimal reinpassen. Gehört alles einem verrückten Amerikaner, dem Ludwig.«

Evandro sah mich argwöhnisch an. Oder war das alles nur eine Einbildung meines auf Mißtrauen trainierten Hirns? Welche Antwort erwartete er von mir?

»Dieses Brasilien ist schon sehr groß«, sagte ich.

Maria de Lurdes kam zu mir und bot mir eine Apfelsine an. Ich lehnte dankend ab. Evandro beugte sich über die Schiffsreling. Maria de Lurdes nahm ihr Kopftuch ab und warf es mit einer dramatischen Geste in den Fluß.

»Die Liebe ist von kurzer Dauer«, sagte Maria de

Lurdes. »Ich erwarte dich heute abend, um halb elf. Ich habe die Kabine Nummer fünfundzwanzig. Moacyr trinkt jeden Tag eine Flasche Schnaps und zehn Flaschen Bier. Wenn es dann Abend wird, ist er hinüber.«

Maria de Lurdes zog sich Bluse und Rock aus und warf sie ins Wasser. Darunter trug sie einen roten Bikini. Ihr Körper war jung und hübsch. Die starke Sonne ließ das Flußwasser noch lehmiger wirken und umriß scharf die dunkelgrüne Silhouette des fernen Urwalds.

»Siehst du die Delphine? Ich möchte ein Delphin sein. Manchmal möchte ich am liebsten ins Wasser springen und davonjagen.« Maria de Lurdes hob die Arme, unter ihren Achseln standen stachelig die kurzrasierten Haare. Ich bekam Lust, die Hände auszustrecken und ihre Brustwarzen zu berühren, die sich durch den Stoff des Bikinioberteils abzeichneten. Hätte Carlos Alberto sie zu seiner Mutter erwählt? Maria de Lurdes ließ ihre Zunge wie eine Eidechse vor- und zurückschnellen, während sie mir in die Augen sah.

»Halb elf«, sagte Maria de Lurdes.

Evandro daneben tat, als schaue er auf den Fluß.

»Da liegt Almerim. Wir sind schon auf dem Amazonas«, sagte Evandro.

Ich verbrachte den Rest des Vormittags in der dritten Klasse. Der blinde Junge Noé spielte jeden Tag Akkordeon. Er war mit seiner Mutter auf dem Weg nach Manaus und von dort nach Porto Velho. Begleitet wurde er von drei Männern, die Tamburin, Paukentrommel und Triangel spielten. Anschließend ging die Mutter immer mit dem Tamburin herum, und die Leute warfen schmutzige, kleine Geldscheine und Münzen hinein.

»Die meisten hier sind Leute, die ihre Familie besuchen fahren. Aber es sind auch ein paar Händler dabei, die alles mögliche verkaufen, ein paar Bauern, die woandershin gehen, ein paar Schmuggler und ein Pistoleiro, dem das Pflaster zu heiß geworden ist«, sagte der Steward J. M. Ich gab ihm jeden Tag ein Trinkgeld.

»Zeig mir den Pistoleiro«, sagte ich.

Der Mann war dünn und blaß, schmales Lippenbärtchen, um die Vierzig. Ein gewöhnlicher Killer.

»Für wen arbeitet der?«

»Für jeden, der zahlt. Hat keinen Chef. Seine Aufträge kriegt er von den Großgrundbesitzern und Kaufleuten hier aus der Gegend. Aber, entschuldigen Sie, wenn ich das sage, bitte nennen Sie mich nicht J. M., sagen Sie nur João.«

»Man hatte mir gesagt, daß du unter dem Namen bekannt bist.«

»Sagen Sie João zu mir, nur João.«

Moacyr kam betrunken zum Abendessen. Maria de Lurdes warf beim Lachen den Kopf zurück und machte den Mund weit auf, wobei sie mich ansah. Ezir zwinkerte Evandro zu. Die beiden Frauen tuschelten miteinander.

»Jetzt kommen wir in den Rio Monte Alegre«, sagte Evandro.

»Dieser Fluß ist sehr fischreich, da gibt es Tambaquis von einem Meter Länge.«

»In diesem Fluß gibt es Hunderte von verschiedenen Fischarten«, sagte der pensionierte Beamte.

Nach dem Abendessen ging ich in meine Kabine und legte mich hin. Ein großer Nachtfalter flatterte durch die Kabine und schlug mir gegen den nackten Körper. In der Nacht davor war eine Heuschrecke in meine Kabine geraten und hatte sich mir auf die Brust gesetzt. Ihre Füße waren an meiner Haut festgeklebt. Als ich sie wegschieben wollte, hatte sie mich leicht gebissen, wie ein feiner Nadelstich. Im Schein der Lampe, die über meinem Kopf hing, sah sie wie aus einem Blatt geschnitten aus. Dann gab es auch noch einen Gecko, der abends hinter dem Spiegel hervorkam und auf Moskitojagd durch die Kabine ging. Der Nachtfalter flatterte hin und her, und ich mußte an Maria de Lurdes denken. Ich hatte beschlossen, nicht zu ihr zu gehen, doch hatte das mein Verlangen nach ihr nicht gemindert; im Gegenteil, es schien dadurch noch größer geworden zu sein. Ihr schlanker, brauner Körper, ihr Mund, ihre Reptilienzunge gingen mir nicht aus dem Sinn. Aber ich durfte meine Arbeit nicht aufs Spiel setzen. Gegen Mitternacht sollten wir in Monte Alegre anlegen.

Um elf Uhr stand ich am Bug. Backbord kamen die Lichter von Monte Alegre in Sicht. Die Stadt teilte sich in Ober- und Unterstadt. Noch ehe das Schiff festgemacht hatte, umringten es Boote mit Händlern, die Bananen, Mangos, Papayas, Avocados, Käse und Süßspeisen verkauften.

Der Anleger war voller Menschen. Wir fuhren an mehreren kleinen Flußdampfern vorüber, auf manchen funkelten Lichter und in ihrem Mittelteil hingen bunte Hängematten, von denen viele bereits von Passagieren belegt waren.

Ich ging an Land und sprach mit Leuten, die auf dem Anleger von Monte Alegre gewesen waren, als in der Woche zuvor das andere Schiff vorbeigekommen war. Niemand hatte ihn von Bord gehen sehen. Aber ein größerer Junge, der Käse verkaufte, konnte sich daran erinnern, daß er ihn allein und unbeweglich an der Schiffsreling hatte stehen sehen.

»Ich dachte, das wäre eine Stoffpuppe«, sagte der Junge.

Das Schiff stieß drei lange Pfeiftöne aus, die durch die mondhelle Nacht gellten. Ich stand am Bug, in der Nähe der Kommandobrücke. Der Mond schien so hell, daß er aussah wie die Sonne, durch einen dunklen Filter betrachtet. Eine klare, frische Brise wehte.

»Jetzt nehmen wir wieder Kurs auf den Lauf der Mutter sämtlicher süßer Gewässer – den Amazonas«, sagte Evandro neben mir. Ich fuhr beim Klang seiner Stimme zusammen. Trotz der Stille hatte ich überhaupt nicht gemerkt, daß er sich näherte. Man hörte den Schiffskiel durch das Wasser pflügen, als würden wir vom Wind vorangetrieben.

Um 3 Uhr 30 nachts kamen wir in Santarém an. Mehrere Passagiere stiegen aus. Einer von ihnen, aus der dritten Klasse, ging mit einer ganzen Schlafzimmereinrichtung – Bett, Schrank, Matratze, Nachttisch – sowie mehreren Koffern und drei Gasflaschen von Bord.

Am zementierten Quai von Santarém lagen ein paar Handelsschiffe mit großem Tiefgang. Mehrere Kunstgewerbehändler hatten ihre Waren ausgebreitet. Die Schweizer gingen an Land und kauften Flechttaschen und Strohhüte.

Maria de Lurdes ging mit mir an Land. Ihre Augen waren gerötet, und sie wirkte jünger und zerbrechlicher. »Du weißt gar nicht, was dir entgeht«, sagte sie, bemüht, aufdringlich zu wirken.

»Doch, das weiß ich.«

»Wer ist das, den du suchst?« fragte Maria de Lurdes, als wir wieder an Bord gingen.

»Ein alter Freund.« Als solchen konnte ich ihn ruhig bezeichnen. Zwar war ich ihm nie begegnet, aber ich wußte alles über ihn, nur eins nicht: wie seine Stimme klang. Das stand nicht im Dossier. Ich notierte mir die Lücke im Geist.

Der Tag brach an, als wir aus Santarém ablegten und auf dem Weg zurück zum Amazonas durch das dunkelblaue Wasser des Tapajós fuhren. Bald darauf wurde das klare Wasser des Tapajós vom schlammigen Wasser des Amazonas überrollt. Der Tapajós ist ein großer Fluß, aber der

Amazonas ist sehr stark. Er reißt ganze Waldstücke von seinen Ufern. An der Mündung verdrängt er das Meer und dringt fünfzehn Meilen in den Atlantischen Ozean vor.

Die Pedro Teixeira fuhr backbord dicht am Ufer entlang. Man konnte den Gesang der Vögel hören, der aus dem dichten Urwald kam, das Wasser übertönte und in den blauen Himmel aufstieg. Die Luft war rein und durchsichtig. Was mochte er gedacht haben, als er hier entlangfuhr? Hatte er sich in seinem dicken Buch Notizen gemacht? Dort, von wo er kam, gab es nichts dergleichen.

Die Schweizer waren so aufgeregt, daß sie pausenlos photographierten. »Ich habe schon über tausend Aufnahmen gemacht«, sagte der Schweizer, bemüht, seiner Mitteilung einen bescheidenen Anstrich zu geben.

Als der Schweizer beim Mittagessen fragte, wer Pedro Teixeira gewesen sei, gab der pensionierte Beamte, der Alencar hieß und wenig sprach, seine Zurückhaltung auf.

»Pedro Teixeira ist 1637 als erster den Fluß hinaufgefahren«, sagte Alencar. »Er war portugiesischer Kapitän und hat bei der Vertreibung der Engländer und später der Franzosen aus Gurupá den Befehl geführt.«

Alencar sprach gedehnt, in der Annahme, der Schweizer könne ihn sonst nicht verstehen.

»Er ist von Gurupá aus flußaufwärts bis Quito in Ecuador gefahren. Er hat die Stadt Franciscana, das heutige Tabatinga, gegründet und den Rio Napo mit einem Grenzstein als portugiesischen Besitz markiert. Seine Reise hatte ausgesprochen politischen Charakter, denn sie war von entscheidendem Einfluß auf die portugiesische Expansion in diesem Gebiet. Nach dem Vertrag von Tordesillas von 1494 sollte Amazonien spanisch werden. Aber die portugiesischen Entdecker mit ihrem imperialistischen Bewußtsein mißachteten den Vertrag und nahmen im 15. und 16. Jahrhundert Amazonien in Besitz. 1669 errichtete der Kapitän Mota Falcão die Festung São José do Rio Negro an der Stelle, wo später Manaus gebaut werden sollte. 1694 fuhr Lobo d'Almada den Rio Negro hinauf. Als die Spanier dann im 17. Jahrhundert merkten, daß die Portugiesen in Wirklichkeit schon den größten Teil von Amazonien besetzt hatten und es auch noch ganz besetzen würden, wenn sie nicht in ihrem Expansionsdrang gebremst würden, schlugen sie deshalb einen neuen Vertrag vor, der 1750 unterzeichnet wurde und die neuen brasilianischen Grenzen hoch im Norden festlegte. Die Portugiesen waren über den Rio Napo bis nach Ecuador, über den Marañón nach Peru, über den Rio Negro nach Kolumbien und Venezuela gefahren. Es fehlte nicht mehr viel, dann wäre ganz Amazonien brasilianisch geworden.«

»Anscheinend haben manche Brasilianer den imperialistischen Geist der Portugiesen geerbt. Zumindest Sie, Senhor«, sagte der Schweizer freundlich.

»Wozu noch mehr? Wir sind ja schon nicht mal dem gewachsen, was wir haben«, sagte Evandro.

»Ich bin kein Imperialist«, erwiderte Alencar. »Wissen Sie, wie groß das Wasserbecken des Amazonas ist? Fast sechs Millionen Quadratkilometer. Und die Waldfläche? Die ist einzigartig auf der ganzen Welt. Und trotzdem wird man alles vernichten. Die Zerstörung hat bereits begonnen. Was nützt es, daß unsere Vorfahren dieses riesige Gebiet erobert haben, wenn wir jetzt nicht in der Lage sind, es zu bewahren?«

Der Schweizer beugte sich über seinen Teller Reis mit Bohnen und lächelte ironisch vor sich hin. Das waren pittoreske Geschichten, die er nach der Rückkehr in São Paulo erzählen konnte, wo er in einem multinationalen Unternehmen arbeitete. Und später in der Schweiz, wenn er seine Dias vorführte, wollte er von den nationalistischen Wahnträumen armseliger Mestizen mit karieszerfressenen Zähnen erzählen.

An diesem Abend dachte ich an Maria de Lurdes und konnte nicht einschlafen. Um ein Uhr nachts stand ich auf und ging zu der Kabine 25. Drinnen brannte Licht. Ich klopfte an die Tür.

Maria de Lurdes kam aus der Kabine. Sie hatte tausend Ketten um den Hals, ein langes, weites Kleid an und einen Strohhut auf dem Kopf.

»Du hier? Hast du es dir überlegt?« sagte sie. »Willst du mal was sehen?«

Maria de Lurdes machte die Tür weit auf. In der Kabine waren zwei Betten. In dem einen lag Moacyr und schlief.

»Vor vierzehn Tagen habe ich geheiratet und hasse ihn bereits«, sagte Maria de Lurdes.

Ich nahm sie mit in meine Kabine. Mit dem Vorgeschmack ihres Körpers im Mund nahm ich ihr der Reihe nach die Ketten ab. Unter dem Kleid trug sie absolut nichts.

»Ich mußte ihm unbedingt Hörner aufsetzen«, sagte Maria de Lurdes.

»Wechseln wir das Thema«, sagte ich.

»Willst du über die Liebe sprechen?«

»Ja. Das will ich.«

Wir legten uns auf das untere Bett.

»Treib mich zum Wahnsinn, schick mich hinauf in den Himmel zu Jesus«, sagte Maria de Lurdes. Ihr Körper glühte geradezu in der heißen, stickigen Kabine.

Am Morgen sagte sie, sie wolle nicht im Speisesaal frühstücken gehen.

»Wenn ich es mir recht überlege, möchte ich für den Rest der Reise hier bleiben.«

Ich zog mich an, nahm meine Tasche und ging.

Als es Zeit zum Mittagessen war, kam ich zurück. Maria de Lurdes schlief.

Ich weckte sie. »Du solltest dich jetzt anziehen. Bald wacht dein Mann auf und merkt, daß du nicht da bist.«

»Der soll zum Teufel gehen.«

Maria de Lurdes breitete die Arme aus und spreizte die Beine. »Komm«, sagte sie.

Ich ging zum Essen. Moacyr kam nicht zum Mittagessen. Evandro verkündete, daß wir um vierzehn Uhr Óbidos erreichen würden.

Er war nicht in Óbidos ausgestiegen.

Der Kapitän versicherte mir, daß sämtliche Schiffe dieser Linie immer in den gleichen Orten anlegten.

»Wenn Sie zum Beispiel nach Faro oder nach Itacoatiara fahren wollten, dann müßten Sie ein anderes Schiff nehmen. Wir laufen immer dieselben Häfen an. Auf der Strecke von hier bis Manaus laufen wir nur noch Oriximiná und Parintins an. Unsere Route beträgt insgesamt etwa tausend Seemeilen, eine Seemeile entspricht tausendachthundertzweiundfünfzig Metern, mit anderen Worten, in Kilometern ausgedrückt beträgt unsere Route ungefähr tausendachthundertzweiundfünfzig Kilometer.«

Wenn er tatsächlich das Schiff genommen hatte, mußte er bis Manaus gefahren sein. In diesem Fall hatte Carlos Alberto sich schon vor Tagen um ihn gekümmert. Wenn er nach Manaus geflogen war, befand er sich vielleicht noch dort, vielleicht auch nicht. Falls er noch dort war, würden wir ihn finden.

Moacyr erschien in der Kabine des Kapitäns.

»Herr Kapitän, meine Frau ist verschwunden«, sagte er. »Vielleicht ist sie in den Fluß gesprungen.« Er roch nach Alkohol, sprach aber sicher.

»Suchen Sie lieber noch etwas weiter«, antwortete der Kapitän.

Ich rannte in meine Kabine. Maria de Lurdes weigerte sich, sie zu verlassen. Aus solchen Gründen sollte man sich nicht mit Frauen einlassen, wenn man arbeitet.

Ich merkte, daß das Schiff seine Fahrt verlangsamte. Wahrscheinlich näherte es sich Oriximiná.

»Ich will von Moacyr nichts mehr wissen. Er ist ständig betrunken. Außerdem hat er mich belogen, er besitzt keinen Pfennig mehr.«

Das Schiff war zum Stillstand gekommen.

»Was um Himmels willen hast du in dieser Tasche, die du ewig mit dir herumschleppst?«

Ich ließ sie in der Kabine allein. Ich wußte, daß das Schiff nur zwanzig Minuten im Hafen bleiben sollte, damit ein Passagier an Land gehen konnte.

Oriximiná war ein kleiner Ort mit wenigen Einwohnern. Wie in allen anderen Ortschaften außer Santarém, die wir angelaufen hatten, bestand sein Anleger aus einem Holzsteg, an dem nur kleine Boote festmachen konnten. Vom Anleger aus konnte man weit am Horizont die Mündungen des Rio Trombetas und des Rio Nhamundá sehen.

Ich ging an Land und stellte einem Jungen mit einem Korb voller Papayas meine übliche Frage.

Der Junge hatte ihn gesehen. Seine Antwort ließ mein Herz schneller klopfen.

»Er kauft jeden Tag Papayas und Fisch bei mir. Er wohnt in einem Haus da oben. Heute morgen habe ich ihm schon einen Pirambucu gebracht.«

Ich bat den Jungen, mir das Haus zu zeigen. Mein Mund war trocken, ich verspürte Hustenreiz.

Es war ein kleines gemauertes Haus oben am Hügel mit zwei kleinen, dunkelblau gestrichenen Fenstern. Hier also hatte er sich vor der Welt versteckt, aß Obst und Fisch und ließ die Kraft der Natur auf sich einwirken.

Der Junge ging zum Anleger zurück.

Ich hörte das Schiff dreimal tuten. Mit ihm fuhr mein Koffer mit allen meinen Sachen, aber das spielte keine Rolle. Dinge bedeuteten mir nichts. Nur die Tasche durfte ich nicht verlieren, denn darin trug ich mein Arbeitsgerät. Wie Staub, den der Wind davonträgt, hatte das Tuten des Schiffes mir auch meine Reisegefährten aus dem Kopf geblasen.

Unter einem Baum neben einem streunenden Hund sitzend wartete ich ab, bis der Ort zu seiner gewohnten Ruhe wiederfand, die durch die Ankunft der Pedro Teixeira gestört worden war.

Ich klopfte an die Tür, und er machte auf.

Während der letzten Monate hatte ich jeden Tag und jede Nacht an ihn gedacht.

Er wirkte noch länger als jene zwei Meter dreißig, die er angeblich groß war. Und sein Kopf war noch weißer, sein Haar leuchtete im Halbdunkel.

Ich wollte seine Stimme hören.

»Guten Tag«, sagte ich und machte meine Tasche auf.

»Guten Tag«, antwortete er.

Als er den Revolver mit Schalldämpfer auf sich gerichtet sah, streckte er die Hand wie zum Friedensangebot aus.

»Nein«, sagte er. Er hatte keinen Akzent, auch keine Angst. Seine Stimme klang kalt. Seine leuchtend blauen Augen erweckten in mir den kurzen, schmerzlichen Eindruck, er sei unschuldig. Ich schoß zweimal. Er fiel rückwärts zu Boden. Ich knöpfte ihm das Hemd auf und berührte seinen Körper. Er hatte weiche Haut und rosa Brustwarzen. Die linke war zusammengezogen, als sei ihm kalt. Genau an der Stelle setzte ich den Revolverlauf an und schoß noch einmal.

Ich nahm sein Buch und alle seine Papiere an mich, ging hinaus und machte die Tür zu.

Der Hund stand auf und kam zu mir. Ich mußte mir ein Boot suchen, um aus Oriximiná wegzukommen.

Ich betrachtete das blaue, von der untergehenden Sonne beschienene Wasser des Trombetas und des Nhamundá, das mitten im unendlich weiten Urwald mit dem goldgelben Wasser des Amazonas zusammentrifft. Stille lag über der ganzen Erde. Plötzlich zuckte mein Körper in wildem Krampf zusammen, mein Atem stockte, ich erstickte gleichsam unter all dieser Luft. Dann verfiel ich in krampfartige Zuckungen und atmete jaulend wie ein verreckendes Tier. Der Hund lief verängstigt davon. Aber kurz darauf hörten die Zuckungen auf, und eine Ruhe und ein Glücksgefühl durchströmten mich, daß ich meinte, sie könnten ewig währen.

Rubem Fonseca
Bufo & Spallanzani

Roman

Aus dem brasilianischen Portugiesisch von Karin von Schweder-Schreiner.
283 Seiten. Geb.

Eine junge, reiche Frau wird ermordet. Ihr Geliebter, ein Erfolgsschriftsteller mit dem anspielungsreichen Namen Gustavo Flávio, muß befürchten, daß im Zuge der Ermittlungen auch jener folgenreiche Zeitabschnitt seiner Vergangenheit ans Licht gezerrt würde, in dem er als kleiner Versicherungsbeamter einen Versicherungsbetrug aufzudecken versuchte und dabei einen Friedhofswärter zu Tode erschreckte…
Der Roman, mit dem Rubem Fonseca bei der Kritik in Brasilien und Spanien enthusiastischen Beifall erzielte, bezieht seinen Titel von einem fiktiven Werk jenes Schriftstellers, in dem dieser sich mit dem italienischen Amphibienforscher Spallanzi und dessen Experimenten an Ochsenfröschen (Bufo) beschäftigt. Der Ochsenfrosch erscheint Flávio als Symbol seiner selbst: ein Wesen, bequem, selbstsüchtig, lüstern… Hinter allem Sarkasmus aber erweist sich Flávio, seinem Namenspatron angemessen, als intelligenter, empfindsamer und klarsichtig analysierender Beobachter seiner Zeit und Gesellschaft.
Daß er bis zum Ende des Romans nicht über die ersten Entwürfe des geplanten Großvorhabens hinauskommt, liegt denn auch nicht an den Schwächen seines Charakters, sondern an den Ereignissen, die sich grotesk zu überstürzen beginnen und schließlich einen empfindlich lädierten Helden zurücklassen, der, mühsam Atem schöpfend, das Geschehen, das ihm so übel mitgespielt hat, noch einmal vor seinem inneren Auge an sich vorüberziehen läßt.
Mit hinreißendem Witz, augenzwinkernder und dann wieder beißender Satire bedient sich Fonseca in meisterhafter Unbekümmertheit bei den klassischen Vorgaben des Kriminal- und Gesellschaftsromans. Er porträtiert die mondäne Bourgeoisie des heutigen Brasilien, doch bei aller Genauigkeit und Schärfe der Konturen entsteht dennoch ein Roman von so vergnüglicher Leichtfertigkeit, eine so glückliche Mischung aus inhaltlicher und formaler Virtuosität, daß man ihn nur mit Bedauern aus der Hand legt.

»Fonseca demaskiert den Magierglauben und den vermeintlichen Frohsinn, der inmitten des Elends bestehen soll, als Legende. Indem er das abgenutzte Lokalkolorit schonungslos anprangert, rührt Fonseca an den Nerv einer rachitischen und trägen Gesellschaft, der komplexen und widersprüchlichen Gesellschaft des heutigen Brasilien.«
El País

»Dieser Roman, den man auskosten muß wie einen Leckerbissen, spricht Phantasie und Sinne gleichermaßen an. Rubem Fonseca hat dieses Buch als ganz und gar uneigennütziger Hedonist geschrieben, der den Leser zum Komplizen seiner Vergnügen macht.«
Istoé/Brasilien
